飞来树

Fei
Lai
Shu

赵丽宏

著

长江出版传媒

长江文艺出版社

窗外的飞来树成了我们全家的朋友。我们在它身上没有花费任何心思，它却一天一天蓬蓬勃勃地成长着。

鸟笼里的绣眼在飞舞鸣叫，鸟笼外，也有一只绣眼，围着鸟笼飞舞，不时地停落在鸟笼上。

一片黄中透红的深沉的色彩，把我们笼罩起来。从山下看到的那一大片血红的云霞，现在就铺展在我们周围，一阵风吹来，整个世界仿佛都响起了沙沙声。

蓝色的湖水在天地间漾动，蓝天和白云倒映在湖水中，碧波浩渺，一直荡漾到天边。

我一个人躺在一棵树下，斑驳的阳光透过树叶的缝隙照在我的身上。

导读

在远方游荡，在心里徘徊

冷玉斌

全国"百班千人"总导师

"国培计划"北京大学小学语文课程开发及教学指导专家

赵丽宏先生写过一段文字，题目是《致文学》，文中有这样一段话：

你是广袤的大地，是辽阔的天空；你是崇山峻岭，是江海湖泊。你用彩色的文字，描绘出世界上可能存在的一切美妙景象。不管是壮阔雄奇的，还是细微精致的，不管是缤纷热烈的，还是深沉肃穆的，你都能有声有色地展现。你使很多足不出户的人在油墨的清香中游历了五光十色的境界。

我觉得，用这段话来形容手上这册书，是再恰当不过的。这本书正是赵先生美妙的文学表达，让读者，哪怕足不出户，也能在油墨的清香中游历五光十色的境界。

那么，在这本书里，将会有什么样"五光十色"的游历呢？

翻开书页，打开来第一篇，就将读者带到了风光奇秀的黄山。在这一篇里，赵丽宏先生用心观看的是黄山上的松树。从人尽皆知的"迎客松"开始，他慢慢写下自己的感悟与情思。是的，"迎客松"大名鼎鼎，可在赵先生看来，却因其大名备受打扰，在喧嚣中显出老态。由此，他的笔墨自然过渡到无人小径边，或无路幽谷中，"许多高大挺拔的松树，在宁静之中不动声色地展示着千姿百态，使人惊异于自然的奇妙和生命的多姿"，且非仅限于此，赵先生写这些，不是为了要给它们比个高低，而是发现了"为自己活着"的那份自在与自由，同时在其中又提出了人与自然永恒的依存与敌意，"发现风景的是人类，毁灭风景的往往也是人类"——这样的游历真的很有境界，必定会让每一个读者沉思，人迹与自然，到底该如何相亲、相看，而作为一个独立的人，是想"被热热闹闹的尘嚣包围"，还是'沉默而自由地独对"自己的人生？

自然无声，万物有灵，这声，这灵，都在赵先生笔下静静流淌。这本书里，有对植物世界的亲近和欣赏，有对动物生存的关切与忧思，有在旅途中游走天地的情致，特别是身处异域的风景探秘和文化观察。这些篇目里的每一棵树，每一根草，每一朵花，每一座塔，乃至每一块砖，赵丽宏先生都试着用自己的注视与书写，勘破它们身下"惊心动魄的曲折历史"，虽然他说"仅仅凭借着人们的画笔和文字，恐怕无力描绘这些历史"，但仍能以真挚的情感，记下这悠长的篇章，领着读者见识漫长岁月中的那些风雨雪电。

评论家说，赵丽宏先生的作品，"不论诗歌还是散文，不仅可以发现他对文学艺术的执着、陶醉和欣赏，更加发人深省的是文字中透出的宁静、坦诚、真切与淳朴"。本书有《城中天籁》一文，写了"绿房子"

外爬山虎一段生死往事，挑出那些写爬山虎的句子，我以为很能验证这样的赞美。

僵卧了一冬的藤蔓，在春风里活过来，新生的绿色茎须在墙上爬动，它们不动声色地向上攀缘，小小的嫩叶日长夜大，犹如无数绿色的小手掌，在风中挥舞摇动，永不知疲倦。

——这是爬山虎初生初长时的记录，活泼的修辞，带着春天的生机，便如这爬山虎的嫩叶，奔逐行走。

秋风起时，爬山虎的枝叶由绿色变成橙红色，又渐渐转为金黄，这真是大自然奇妙的表演。秋日黄昏，金红的落霞映照着窗外的红叶，使我想起色彩斑斓的秋山秋林，也想起古人咏秋的诗句，尽管景象不同，却有相似意境……

——秋天的爬山虎，不但好看，更有古意盎然，文字与春天一节也是不同气息，安宁、清静、辽远、深邃。

我无意中发现，挂在我窗外的绿色藤蔓，似乎有点干枯，藤蔓上的绿叶蔫头蔫脑，失去了平日的光泽。窗子对面楼墙上那一大片绿色，也显得比平时黯淡。

——画风突变，文意陡转。这是爬山虎忽遭斩根之后的景象，惨淡、凄凉，一个"蔫头蔫脑"，真切的观看，朴实的表达。

断了根的爬山虎还在墙上挣扎喘息。绿叶靠着藤中的汁液，在烈日下又坚持了几天，一周后，满墙绿叶都变成了枯叶。不久，枯叶落尽，只留下绝望的藤蔓，蚯蚓般密布墙面，如同神秘的天书，也像是抗议的符号。

——这是最让人心碎的一节，"如同神秘的天书，也像是抗议的符号"，情景交融，言为心声，赵先生毫不掩饰内心的难受与愤怒，直白地表达他对这些人的不满与无奈，"留下绝望的藤蔓"，也留下了这些惨烈的文字，在远方游荡，在心里徘徊。

文末，他问道："紫藤，你们能代替死去的爬山虎吗？"

能吗？不能吗？这正是本书最后一辑文字所讨论的，"对于生命的思考"，赵先生的紫藤之问，也称得上是因爬山虎而起的"死之余响"。到底如何回答，其实难说，但是，因为先生这样的讲述，这样的记录，终究成就了这一篇篇或美好或深沉的散文，它们已经成为殷红的火苗，燃起读者心中的遐想。

我敢说，在这世界上，没有比它们更长久的花朵……

目 录

人迹和自然

人迹和自然

很多年前上黄山，很为那里的美妙风景所陶醉。除了山石和溪泉，给我印象最深的是山上的松树。

说起黄山的松树，自然使人想起迎客松。它的形象已经通过无数照片和图画被世人所熟悉。当年经过迎客松时的情景我一直记得很清楚。迎客松是黄山的明星，自然吸引了所有来爬山的游客，人人都想作为黄山的客人被它欢迎一下，于是大家排队站在这棵造型优美的大松树下照相。有些人觉得站着照相不够亲热，还要在树下做出种种姿态，或是倚在树干上，或是攀在树枝上……于是美丽的迎客松便永远地失去了安宁。它很忙，也很累，它根部的泥土被热情的游客们踩得异常结实，它的躯体也是不堪重负。我看到迎客松的时候，它已经明显地露出了疲惫的老态，它的优雅的手臂：那根向前伸展的枝杈已托不住所负的重量，正在无力地下垂，若不是一根木棍的支撑，它恐怕早已折断。我一边为迎客松担忧，一边也难免其俗，排队站到树下照了一张相。回来洗出照片，发现画面上最引人注目的，是那根支撑着松树枝杈的木棍。我背后的那棵迎客松，看上去就像是一位拄着拐杖的垂垂老者……

其实，在黄山，姿态奇崛动人的松树不计其数，迎客松未必是最出色的。在一些无人的小径边，或是无路的幽谷中，我曾见到许多高大挺拔的松树，在宁静之中不动声色地展示着千姿百态，使人惊异于自然的奇妙和生命的多姿。有些树在荒瘠的环境中表现出的坚强简直不可思议，它们就生长在光秃秃的岩石上，虬结盘绕的根须如剑如凿，锲而不舍地钻进岩缝，汲取生命的养料，使之化为峥嵘苍劲的枝干，化为欣欣向荣的绿叶。它们的存活就凭借着石缝里那一点点儿可怜的泥土。不仅如此，即使是在远离尘嚣的宁静之中，它们所取也极微，却照样成长得蓬蓬勃勃，活得轰轰烈烈。是的，它们无名，它们不为人所知，但这也正是它们的福气——没有慕名而来的游客在它们身边喧嚷，没有追新猎奇的人烦扰，它们便有了清静，有了自由，有了独享天籁的情趣。它们不会失去继续生长的外部环境，只要没有火山爆发，没有地层断裂，没有樵夫的刀斧。如果它们也像迎客松一样，被人们发现了，重视了，成了美名远播的明星，那会怎么样呢？请去看看老态龙钟的迎客松吧。

现在的迎客松活得怎么样，我并不知道，也许，它至今仍一如既往站立在路边迎接兴致勃勃的游客，园艺家们也可能想出各种各样的方法来延长它的生命，保留它的美姿，然而我很难相信它会重返青春。而那些无名的野松，我却深信它们将越活越年轻，越活越美丽，它们已战胜了大自然设置在它们前面的种种障碍，它们通过搏斗赢得了生存和成长的权利。它们是为自己活着。

在我们这个世界上，发现风景的是人类，毁灭风景的往往也是人类。许多年前，有几位朋友去了四川九寨沟。那时还没有几个人知道那地方。朋友们回来后绘声绘色地向我描述了九寨沟仙境一般的幽静和多彩，使我心驰神往。他们向我建议说："你要去，就趁早去，趁大家还不知道这个地方。等人群都涌进那山沟的时候，恐怕就没有什么风景可看了！"朋友的话似乎是危言耸听，然而我颇有共鸣。我很自然地想起了迎客松。后来我曾一次又一次错失了去九寨沟的机会，一直引以为憾，也因此而担心我再也看不到真正的九寨沟。那年夏天，我终于冲破重重险阻进入了九寨沟。因为雨天路毁，沟中人烟稀少，展现在我面前的是一片宁静而又变幻无穷的奇妙天地，青山在云雾中出没，碧水在树林里奔流，野花在草丛和山坡上粲然怒放……依然可以把它比作仙境。然而只要留心寻觅，在美丽的仙境中处处能找到破坏风景的人迹。最早的伤痕是伐木者们留下来的，是到处能见到的树桩，是横陈在湖底或溪流中来不及运走的树木。新鲜的人迹当然是游客们的杰作，清澈见底的湖滩和茂密的灌木丛中，不时能看见被人随手遗弃的酒瓶和罐头，尽管这些瓶瓶罐罐色彩鲜艳，然而大煞风景……对一个地域广阔的森林公园来说，这些区区的人迹当然还谈不上是什么毁灭性的伤害，不过谁能说这不是一段含义不祥的序曲呢！

我想，如果我是一棵树，或者是一片原始的山林，那么，与其被热热闹闹的尘嚣包围着名扬天下，还不如沉默而自由地独对自然。除非那些自称爱美爱自然的人们真正懂得了珍惜美和自然。

1993 年 3 月

天

香

中国人很早就对桂花有特殊的喜爱，很多动人的神话和美丽的人物都和桂花有联系。

我对桂花最初的认识并不是它们的姿态，而是它们的清香。小时候爱吃老城隍庙里买的一种桂花糖，喜欢那股特别的香味。于是知道桂花是一种可以吃的香花，而且味道极美。后来又吃过桂花糕、桂花饼，更加深了这种印象。至于桂花是何等模样，我一直不知道。听老人说，月亮上有一棵桂花树，陪伴着寂寞的嫦娥。在月圆之夜，我曾经对着夜空横看竖看，望酸了脖子，也未能在月亮那一堆模糊不清的阴影中辨认出什么树来。现在想起来，实在是城里的孩子太可怜，水泥和砖石隔绝了他们和大自然的交往。不要说桂花，其他树木和花草，我又识得几种呢？我幼时爱诵读唐诗宋词，也曾想借古人的诗来识桂花，但使我奇怪的是，喜欢咏花的诗人们似乎偏爱其他花，如桃、李、兰、菊、梅、荷以及牡丹，写桂花的却不多。刘禹锡有："莫羡三春桃与李，桂花成实向秋荣"，苏东坡也写过桂花："江云漠漠桂花湿"，李清照对桂花评价最高："何须浅碧深红色，自是花中第一流"，而使我一读便记住不忘的，是宋之问的两句诗："桂子月中落，天香云外飘。"然而读这些诗时，我无法在其中想象出桂花的模样。于是我曾以自己幼稚的想象力描绘过这种又香又好吃的花，描绘出来的形象，居然和向日葵差不多。原因大概有二：一是对向日葵的长相很熟，而且知道桂花和向日葵一样也是金黄色；二是因为向日葵也能吃。这种滑稽的联想至今仍使我失笑。

第一次见到桂花是在上小学的时候，那一年学校组织秋游，去坐落在市郊的桂林公园。事先并不知道那里有桂花，走到公园门口时，突然闻到了飘在风中的淡淡的桂花香，不禁兴奋得手舞足蹈。进公园后，心急火燎地想一睹桂花真容，却怎么也找不到花的踪影。经人指点后，才发现了那些隐匿在绿叶下的星星点点的青黄色小花。当时是初秋，桂花刚刚开始吐蕾，那些虬结在细枝干上的米粒般的小花骨朵，不留心看实在发现不了。我感到惊讶，如此不起眼的小花，怎么竟能把整个世界都弄得一片清香？

诗人们不喜咏桂花的疑问，似乎是有了答案——桂花，实在是貌不出众。若以长相论，在百花之中它们恐怕可算丑小鸭了。然而这答案不久便又被我新的发现所推翻。那年中秋，跟着大人又去了一趟桂林公园，景象和头一次去时全然不同了，那一丛一丛的桂树中，很显眼地溢出了一抹抹柔和的金黄，这是盛开的桂花。单朵的桂花固然很微小，当成千上万朵桂花成团成簇地一起开，也就很有一些气势了。秋风掠动树丛时，树上的桂花便纷纷扬扬地往下落，像无数金黄色的小蜜蜂，慢悠悠地飞到地面上。地上已是金黄一片，只要随意一扫，就能将落花大把大把捧起来。这满园满树满地不计其数的桂花，各自将一份幽香吐入空中，空气似乎也变稠了，就像有无形无色的桂花酒，在秋风中缓缓地静静地流动，使人置身其中心神皆醉。

桂花留给我的印象极为美妙。我想，桂花是不耐孤独的，这是一个喜欢热闹的花的大家庭，它们以清香唤取人们的注意，也以辉煌的金色吸引人们的目光。当然，还有那些芬芳可口的桂花糖、桂花糕……

许多年以后，我在一座野山中遇见一棵古老的桂树，使我对桂花又有了新的认识。那是在闽西北的自然保护区，有一天傍晚我独自在山中散步，只顾看着远处的山色、想着自己的心事，不知怎么便迷了路。这时，突然下起了小雨，天色一下子变得灰暗浑浊，周围的草丛和树林霎时间阴森可怕起来，山风在林木岩石间迂回呼啸，从远处的树上传来凄厉的鸟鸣，不知名的山雀扇动着黑色翅膀急匆匆掠过头顶，一切都像是不祥之兆。我有些着慌了，这山中不仅有野兽，还有可怕的五步蛇，在这时迷路，后果不堪设想。在树丛中转了几圈，没有找到归途，于是愈加惶然。就在这时，风中飘来了一阵桂花的清香，这清香极幽极淡，若有若无，如薄暮中一缕时隐时现的轻烟。起初我还怀疑自己的嗅觉，夏天刚过，桂花飘香的时令还未到，哪里来的桂花？然而那淡淡的幽香却越来越清晰了。我拼命呼吸着，唯恐那清香又突然消失。说来奇怪，那幽淡的清香竟像镇静剂一样，驱散了我的慌乱。在飘忽的清香中，我的眼前仿佛出现无数金黄色的小精灵，它们飞舞着在我前面引路。金黄色的小精灵们越来越密集，越来越活泼，我似乎伸手便能从空气中抓下几把来……终于，我在一棵高大的桂树前站定了。

这是一棵我从未见过的巨桂，树干一人无法合抱，鳞状的树皮暗示着它的高龄，树冠覆盖数丈，如一把撑开的绿色巨伞，举头仰望，浓密的树叶间依稀有星星点点的小花开放，因为太高，看不真切。曾听人说，这山中有千年古桂，植于宋代，眼前这株巨桂想必就是宋桂无疑。这宋桂看起来并无老态，挺拔的枝干和茂密的绿叶每一处都透出年轻的生机，而那些不露声色吐着清香的小花，更显示着生命的万般美妙，清幽的芬芳在这荒凉的野山上形成一种宁静优美的氛围。如果说孤独，这株宋桂大概可算是一个孤独者了，这里没有它们家族的其他任何成员陪伴它，一千多年来，它就这样孤零零兀立在这片荒山野地，其间有多少雷暴冰雹，有多少山洪淫雨，谁也无法知道。然而它顽强地活了下来，从一枝幼苗长成了一棵大树。一千多年来，人世和自然历经沧桑，而它却一如既往，年年在秋风中开出一树金花，年年用自己清幽的香气营造出一片宁静优美的氛围。没有任何力量能够改变它的追求和向往。

面对着这棵古老的桂树，我忘却了自己是个迷路者，它的风采深深地把我吸引。我感觉仿佛是在这里和一位睿智的老哲人邂逅，他沉默无言，却以那淡雅的清香告诉我许多哲理。我完全平静下来，方才那阵小小的迷乱似乎已是极遥远的往事。告别那棵宋桂后，没有费多少事我便找到了下山回去的路。尽管此时天已近黑，雨也依然淅淅沥沥不断，而桂花的清香，一直追随我到山中的小客栈。在客栈的灯光下，我发现自己的肩头落有几朵桂花，那形状和从前见到的桂花无异。这时，涌上心头的是宋之问的诗："桂子月中落，天香云外飘。"

很自然地又想到了月亮上有桂树的传说。第一个编这个故事的人，大概也曾在荒凉的迷途上遇见过一棵孤寂而又美丽的桂树，也曾在那淡雅的清香中克服了惊惶和怯懦，否则，他为什么偏偏要把一棵桂树种到寂寞凄凉的月宫中去呢？

1987 年 10 月 8 日，上海

城中天籁

在城里住久了，有时感觉自己是笼中之鸟，天地如此狭窄，视线总是被冰冷的水泥墙阻断，耳畔的声音不外乎车笛和人声。走在街上，成为汹涌人流中的一滴水，成为喧嚣市声中的一个音符，脑海中那些清净的念头，一时失去了依存的所在。

我在城中寻找天籁。她像一个顽皮的孩童，在水泥的森林里和我捉迷藏。我听见她在喧嚣中发出幽远的微声：只要你用心寻找，静心倾听，我无处不在。我就在你周围悄然成长着，蔓延着，你相信吗？

想起了陶渊明的诗句："结庐在人境，而无车马喧。

问君何能尔？心远地自偏。"在人海中"结庐"，又能躲避车马喧嚣，可能吗？诗人自答："心远地自偏。"只要精神上远离了人间喧嚣倾轧，周围的环境自会变得清静。这首诗，接下来就是无人不晓的名句："采菊东篱下，悠然见南山。"我的住宅周围没有篱笆，也无菊可采，抬头所见，只有不远处的水泥颜色和邻人的窗户。

我书房门外走廊的东窗外，一缕绿荫在风中飘动。

我身居闹市，住在四层公寓的三楼，这是大半个世纪前建造的老房子。这里的四栋公寓从前曾被人称为"绿房子"，因为，这四栋楼房的墙面，被绿色的爬山虎覆盖，除了窗户，外墙上遍布绿色的藤蔓和枝叶。在灰色的水泥建筑群中，这几栋爬满青藤的小楼，就像一片青翠的树林凌空而起，让人感觉大自然还在这个人声喧嚣的都市里静静地成长。我当年选择搬来这里，很重要的原因就是因为这些爬山虎。

搬进这套公寓时，是初冬，墙面上的爬山虎早已褪尽绿色，只剩下无叶的藤蔓，蚯蚓般密布墙面。住在这里的第一个冬天，我一直心存担忧，这些枯萎的藤蔓，会不会从此不再泛青。我看不见自己窗外的墙面，只能观察对面房子墙上的藤蔓。整个冬天，这些藤蔓没有任何变化，在凌厉的寒风中，它们看上去已经没有生命的迹象。

寒冬过去，风开始转暖，然而墙上的爬山虎藤蔓依然不见动静。每天早晨，我站在走廊里，用望远镜观察东窗对面墙上的藤蔓，希望能看到生命复苏的景象。终于，那些看似干枯的藤蔓开始发生变化，一些暗红色的芽苞，仿佛是一夜间长成，起初只是米粒大小，密密麻麻，每日见大，不到一个星期，芽苞便纷纷绽开，吐出淡绿色的嫩叶。僵卧了一冬的藤蔓，在春风里活过来，新生的绿色茎须在墙上爬动，它们不动声色地向上攀缘，小小的嫩叶日长夜大，犹如无数绿色的小手掌，在风中挥舞摇动，永不知疲倦。春天的脚步，就这样轰轰烈烈地在水泥墙面上奔逐行走。

没有多少日子，蔷上已是一片青绿。而我家里的那几扇东窗，成了名副其实的绿窗。窗框上，不时有绿得近乎透明的卷须和嫩叶探头探脑，日子久了，竟长成轻盈的窗帘，随风飘动。透过这绿帘望去，窗外的绿色层层叠叠，影影绰绰，变幻不定，心里的烦躁和不安仿佛都被悄然过滤。在我眼里，窗外那一片绿色，是青山，是碧水，是森林，是草原，是无边无际的田野。此时，很自然地想起陶渊明的诗，改几个字，正好表达我喜悦的心情："觅春东窗下，悠然见青山。"

有绿叶生长，必定有生灵来访。爬山虎的枝叶间，时常可以看到蝴蝶翩跹，能听到蜜蜂的嗡嗡欢鸣。蜻蜓晶莹的翅膀在叶梢闪烁，还有不知名的小甲虫，背着黑红相间的甲壳，不慌不忙在晃动的茎须上散步。也有壁虎悄悄出没，那银灰色的腹部在绿叶间一闪而过，就如神秘的闪电。对这些自由生灵来说，这墙上绿荫，就是它们辽阔浩瀚的原野山林。

爬山虎其实和森林里的落叶乔木一样，一年四季经历着生命盛衰的轮回，也让我见识了生命的坚忍。

爬山虎的叶柄处有脚爪，是这些小小的脚爪抓住了墙面，使藤蔓得以攀缘而上，用表情丰富的生命色彩彻底改变了僵硬冰冷的水泥墙。爬山虎的枝叶到底有多少色彩，我一时还说不清楚。春天的嫩红浅绿，夏日的青翠墨绿，让人赏心悦目。爬山虎也开花，初夏时分，浓绿的枝叶间出现点点金黄，有点像桂花。它们的香气，我闻不到，蝴蝶和蜜蜂们闻到了，所以它们结伴而来，在藤蔓间上上下下忙个不停。爬山虎的花开花落，没有一点张扬，都是在不知不觉之中。花开之后也结果，那是隐藏在绿叶间的小小浆果，呈奇异的蓝黑色。这些浆果，竟引来飞鸟啄食。麻雀、绣眼、白头翁、灰喜鹊，拍着翅膀从我窗前飞过，停栖在爬山虎的枝叶间，觅食那些小小的浆果。彩色的羽翼和欢快的鸣叫，掠过葳蕤的绿叶、柔曼的藤须，在我的窗外融合成生命的交响诗。

秋风起时，爬山虎的枝叶由绿色变成橙红色，又渐渐转为金黄，这真是大自然奇妙的表演。秋日黄昏，金红的落霞映照着窗外的红叶，使我想起色彩斑斓的秋山秋林，也想起古人咏秋的诗句，尽管景象不同，却有相似意境："树树皆秋色，山山唯落晖"，"山明水净夜来霜，数树深红出浅黄"。

一天，一位对植物很有研究的朋友来看我。他看着窗外的绿荫，赞叹了一番，突然回头问我："你知道，爬山虎还有什么名字？"我茫然。朋友笑笑，自答道："它还有很多名字呢，常青藤、红丝草、爬墙虎、红葛、地锦、捆石龙、飞天蜈蚣、小虫儿卧草……"他滔滔不绝说出一长串名字，让我目瞪口呆，却也心生共鸣。这些名字，一定都是细心观察过爬山虎生长的人创造的。朋友细数了爬山虎的好处，它们是理想的垂直绿化，既能美化环境，调节空气，又能降低室温。它们还能吸收噪音，吸附飞扬的尘土。爬山虎对建筑物，没有任何伤害，只起保护作用。潮湿的天气，它们能吸去墙上的水分，干燥的时候，它们能为墙面保持湿度。朋友叹道："你的住所，能被这些常青藤覆盖，是福气啊。"

我从前曾在家里种过一些绿叶植物，譬如橡皮树、绿萝、龟背竹，却总是好景不长。也许是我浇水过了头，它们渐渐显出萎靡之态，先是根烂，然后枝叶开始枯黄。目睹着这些绿色的生命一日日衰弱，走向死亡，却无力挽救它们，实在是一件苦恼的事情。而窗外的爬山虎，无须我照顾，却长得蓬勃茁壮，热风冷雨，艳阳雷电，都无法破坏它们的自由成长。

爬山虎在我的窗外生长了五个春秋，我以为它们会一直蔓延在我的视野里，让我感受大自然无所不在的神奇。也曾想把我的"四步斋"改名为"青藤斋"。谁知这竟成为我的一个梦想。

那是一个盛夏的午后，风和日丽。我无意中发现，挂在我窗外的绿色藤蔓，似乎有点干枯，藤蔓上的绿叶蔫头蔫脑，失去了平日的光泽。窗子对面楼墙上那一大片绿色，也显得比平时黯淡。这是什么原因？我研究了半天，无法弄明白。第二天早晨，窗外的爬山虎依然没有恢复应有的生机。经过一天烈日的晒烤，到傍晚时，满墙的绿叶都呈萎缩之态。会不会是病虫之患？我仔细观察那些萎缩的叶瓣，没有发现被虫蛀咬的痕迹。第三天早晨起来，希望看到窗外有生命的奇迹出现，拉开窗帘，竟是满眼惨败之象。那些挂在窗台上的藤蔓，已经没有一点湿润的绿意，就像晾在风中的咸菜干。而墙面上的绿叶，都已经枯黄。这些生命力如此旺盛的植物，究竟遭遇了什么灾难？

我走出书房，到楼下查看，在墙沿的花坛里，看到了触目惊心的景象：碗口粗的爬山虎藤，竟被人用刀斧在根部齐齐切断！四栋公寓楼下的爬山虎，遭遇了相同的厄运。这样的行为，无异于一场残忍的谋杀。生长了几十年的青藤，可以抵挡大自然的风雨雷电，却无法抵挡人类的刀斧。后来我才知道，砍伐者的理由很简单，老公寓的外墙要粉刷，爬山虎妨碍施工。他们认为，新的粉墙，要比爬满青藤的绿墙美观。未经宣判，这些美妙的生命，便惨遭杀戮。

断了根的爬山虎还在墙上挣扎喘息。绿叶靠着藤中的汁液，在烈日下又坚持了几天，一周后，满墙绿叶都变成了枯叶。不久，枯叶落尽，只留下绝望的藤蔓，蚯蚓般密布墙面，如同神秘的天书，也像是抗议的符号。这些坚忍的藤蔓，至死都不愿意离弃水泥墙，直到粉墙的施工者用刀铲将它们铲除。

"绿房子"从此消失。这四栋公寓楼，改头换面，失去了灵气和个性，成了奶黄色的新建筑，混迹于周围的楼群中。也许是居民们的抗议，有人在楼下的花坛里补种了几株紫藤。也是柔韧的藤蔓，也是摇曳的绿叶和嫩须，一天天，沿着水泥墙向上攀爬……

紫藤，你们能代替死去的爬山虎吗？

2010 年 10 月 6 日于四步斋

生命草

我自小就喜欢花草，爱看，也爱种。我家有一个不大的凉台，坐南向北，虽说位置不怎么理想，栽些花草，还是可以的。记得开始时种的是凤仙花。播下了几粒种子，于是天天浇水，天天盼望着湿漉漉的泥土里冒出水灵灵的幼苗来。当那些纤弱的小芽终于钻出泥土，在阳光下舒展开青嫩的叶瓣时，我竟高兴得手舞足蹈了……

和所有性急的孩子一样，我巴不得花盆里那些又小又细的幼芽一天之内就能开花结籽。一个天真的想法，便在我心里滋生了：多浇些水，多施些肥，小苗一定能长得快些。于是我每天浇四五遍水，早晨浇，晚上浇，中午也浇，还把自己认为可以做肥料的一切东西都往花盆里撒。结果，小苗非但没有长高，竟一棵棵地萎缩了，死了。我的伤心自不必说，大人们却还笑我："你呀，真是个小戆大。你知道吗？这些小花小草，也是些小生命，娇嫩着哩，乱来怎么行呢！"哦，是我的幼稚，使这些娇嫩的小生命夭折。不过我并没有灰心，一次次地再播种，再培育，终于盼来了开花结实。我种过蝴蝶花、兔子花、海棠花、兰花，还有月季、金橘、石榴，有过许多成功的喜悦，也有过不少失败的懊丧。可是大人们的那些话，却一直深刻地印在我的心里。是的，这些小花小草，真是些娇嫩的小生命！

有段时间，我的那几个花盆里荒芜了，盆中有时偶然会长出几株小草，但总是活不上几天便枯萎了。这样过了好几年，在一个冬天之后，我的花盆里似乎出现了奇迹，在没人浇水、没人施肥的土壤中，竟长出了几丛绿茵茵的、形状特殊的植物来。起初谁也没有注意，而它们却以惊人的速度成长起来。初夏的一天，我走上凉台，不由得惊叫了：光秃秃的凉台上，赫然出现了几盆青翠而又茂盛的植物，细而长的叶子，形状有点儿像太阳花，但没有太阳花叶子这般厚实。密密层层的枝叶，向四面八方伸展出去，在它们所能达到的范围内，绝不留下一丝空隙，上面挤得太紧了，枝叶又随着盆沿倒垂下来，挂满了花盆的四周。远远看去，就像几个毛茸茸的绿绣球，这真是奇迹。是谁播下的种子呢？是雨？是风？我不知道。反正，绝不是人们有意识地播下的。更使我惊奇的是这草的生命力，实在是少有的坚忍，少有的顽强。几盆贫瘠的沙土，常常被夏日如火的太阳晒得龟裂，这草，却在里面扎了根，活下来，就凭着几场天赐的雨露，就凭着早年埋葬在这里的花草提供的一些养料。它们活得如此乐观，如此蓬勃，那一份强健旺盛的朝气，足以和任何植物园中的花草相匹敌。我也真不明白，有时，连着几十天不下雨，大地被烤得直冒青烟，这草，枝不萎，叶不焦，依然郁郁葱葱，生气勃勃，仿佛它自身便能产生出生存所需的一切水分和养料。

我爱上了这些奇特的小草，不知其名，我就自己给它起了名字：生命草。它有着仙人掌一般顽强的生命力，却不似仙人掌那样孤傲呆板。是的，我并不喜欢仙人掌，那扁平多肉的身躯，那犬牙交错的利刺，实在引不出什么美的联想。而这些生命草，却有着一股灵秀之气。早晨，在它绿茵茵的叶瓣上，挂着一颗颗晶莹透明的露珠，就像许多纤小而又健壮的小手臂，托着一颗颗闪闪发光的珍珠。它也开花，那是一些并不显眼的小花，形似珠兰，色呈淡黄，虽没有珠兰的芬芳，却自有一股淡淡的清香，一样招人喜爱。冬天，它枯萎了，然而，它却把生命的种子，悄悄地撒落在泥土中，一到春天，花盆中便又冒出水灵灵的嫩芽来……有一次，住在楼下的一位老人见到这些草，他告诉我，这草可以治疮，把它的枝叶捣烂了敷在疮口上，十分灵验。哦，这些葱郁的小草，丝毫无求于人类，只是凭着自身的毅力活下来，却还努力地造福于人类，为人们解除病痛。这些顽强而又高尚的小生命哟！

在很少看得见鲜花的年代里，这些可爱的生命草，给我带来了难以言喻的欢欣。它们仿佛是在黑暗中燃烧的一团火，使我思索，给我启迪。是的，在逆境之中，只要不失去信心，不失去毅力，不失去向命运挑战的勇气，不失去同困难搏斗的韧劲，那就照样可以活得很好。倘使失去了这些，那么，即便是在风调雨顺的环境里，也会横遭不测，就像童年时代在我手下夭折的那些花花草草……"动乱"的岁月，曾使百花凋零，我们这一代青年人，真有点儿像失去了园丁照料的小草。有些小草过早地委顿了，枯干了，有些小草却如同这几盆生命草，依然活得蓬勃而有生气。我想起了一些人：一个小木匠，在艰难的条件下刻苦自学，结果成为很有造诣的科研人才；一个受人歧视的社会青年，含着泪、咬着牙钻研高能物理，终于以名列前茅的成绩考上了研究生……是的，在生活当中，有这样的生命草。他们曾经被人们不屑一顾，却终究以自己蓬勃的生命之花，赢得了世界的注意。

好在不准花草生存的时代已经过去了。我的凉台上，又有了一些美丽的花卉，但，那几盆繁衍至今的生命草，我总不愿意把它们搬走。它们不需要我的照料，却总是给我许多联想，深沉而又亲切。当然，我们希望有更多好的苗圃和园丁，培育出更多美丽芬芳的花儿来。然而，总是有一些小草会流落荒野的——于是，我要大声地说："小草啊，你们大可不必悲观的！只要还有阳光，还有空气，这世界上，总会有一块属于你的土地，总会有一颗属于你的露珠。去争取吧，去奋斗吧，你一定会活得很好，并且可以有益于世界的！"

啊，我赞美生命草……

1980 年 8 月

小草和绿洲

一

我曾经到过沙漠和戈壁滩。在浩瀚无涯的荒凉中，哪怕见到一棵小小的绿草，也会感到惊喜和亲切。在严酷的自然中，一棵小草的出现，往往是一种接近绿洲的信号，更是一种生命的宣言。这宣言要向世界宣称的是：顽强坚忍的生命，在任何时候、任何环境下，都不会屈服！

二

绿洲是永远不会消失的，尽管它可能在遥远的地方。当然，并非人人都能寻找到那片绿洲。

有些人，可能已走近绿洲，却仍会失之交臂，甚至会在离绿洲不远的荒芜中躺倒，饥渴待毙。绿洲对于他们只是梦幻，他们认为梦永远不会变成现实，于是连做梦的兴趣也已丧失，哪里还会有耐心和毅力去寻找绿洲……

这时，如果有一棵翠绿的小草突然出现在他们绝望的视野里，该有多么好！

三

小草和绿洲之间，毕竟不能画等号。两者的差距还非常遥远。然而谁能否认，希望之光，有时往往像一茎小草那样弱小而不显眼。悲哀的是，那些从此紧锁了门窗的心灵，再不愿发现黑暗中的微光，不愿在小草前停下脚步，听一听这绿色小生命的呼唤，然后再走向远方。

你不相信吗？小草是一些神奇的手指呢！

四

我也看见过沙漠中的废墟。这是被先人遗弃的城市的残骸。宫殿、庙堂、市场、民宅……轮廓尚存，千百年前的繁华还依稀可辨。我曾经困惑：古人为什么会抛下他们世代生息的城市？是什么动力使他们背井离乡？

在看不见任何生命踪迹的废墟中，我似乎找到了答案。烈日下，道路和房屋的残垣正在龟裂，裂缝像干渴绝望的嘴唇……废墟内外看不见一丝野草！我想，一定是炎热、干旱和无情的流沙，把这里的居民逼上了逃亡之路。与其等死，不如去寻找新的绿洲。是远方的绿洲召唤他们离开了死亡之地，尽管这死亡之地曾是他们的血脉故土。

五

为什么有时身处繁华，却依旧四顾茫然，心仿佛被抛在沙漠？

是的，物质的繁华绝不等同于精神的富足。揣着一颗空虚的心灵在眼花缭乱的物海中流浪，轻浅的脚印何等凌乱。

多么渴望心里拥有一片绿洲。这绿洲不会因为气候和环境的变换而枯黄。这样，即便远离都市和人流，也不致惶然失措。任你烈日似火，任你风沙蔽天，我可以在绿荫中宁静地面对一切，思绪乘风远扬，自由如高飞的鹰……

抵达这样的绿洲，也许有千百条途径，我只想寻求其中一条。

六

梦中的形象却更多的是废墟。岁月戛然作响地在残垣上开裂，裂成无数不规则的缝隙……

谁能在这颓丧的裂缝中植一株绿草呢？

黑暗中，我看见无数双眼睛亮晶晶地凝视着同一个方向。于是我无法不改变视线，无法不将自己的目光投向众目所视的方向——在布满裂缝的残垣脚下，绿草正在悄悄蔓延。用不了多久，古老的废墟便会被清新的绿色包围……

1992 年 10 月 28 日

飞来树

我这个人，极喜欢绿色植物，但花草似乎总和我无缘。曾经在家里种养过很多花木，如橡皮树、喜临芋、铁树、芝兰、橘树之类，但是每次总是水灵灵地搬进来，萎蔫蔫地搬出去。在别人家里长得好好的树木，到了我家，好景总不长。眼看着绿色的树叶一天天萎黄、干枯，我却没有办法使它们起死回生，这是何等痛苦的事情。

还好，在我家的窗外还能看到真正的绿树。朝南的卧室外面有一棵大槐树，夏天，槐树的浓荫遮住了艳阳。朝北的厨房外面，也能看到一棵树，那是一棵高大的泡桐树，有五六层楼高，春天能看到满树淡紫色的花，有风的日子，能听到一树阔大的绿叶在风中发出沙沙的喧哗。

今年仲春的一天，正在厨房洗碗的妻子抬头望着窗外，突然惊喜地喊起来："快来看，一棵树！"

我走到窗边，果然看到了几片翠嫩阔大的圆叶，从墙外探头探脑地伸出来，几乎要撩拂到厨房的窗玻璃。这些叶瓣绿得透明晶莹，在阳光的照耀下，能清晰地看到叶面上细密曲折的叶脉和经络。奇怪，我家住在三楼，窗外那有树木的存身之地。这树，从何而来？我打开窗，伸出头去探望，这才发现了秘密：厨房窗下贴墙的一条水槽里长出了一棵小树。小树从根部分叉，长出两根枝杈，都已有一指粗，长一米有余，树上大约有几十片手掌大的树叶。风吹来，小树微微摆动，绿叶迎风飘舞，显得风姿绰约。看那阔大的树叶，和隔壁那棵泡桐树一模一样。毫无疑问，这一定也是一棵泡桐了。这棵新发现的小树，使我们全家兴奋不已。它竟然会在我们的眼皮底下长出来。

是谁栽下了这棵树？可能是风，是风把不远处的那棵泡桐树的种子吹到了窗外的水槽里。也可能是鸟，窗外的水槽里常常有小鸟停歇，是它们衔来了树的种子。儿子认定是飞鸟所为，他说："小鸟吃了水槽里的饭粒，想报答我们，就衔来了树种。它们看我们家光秃秃的太没趣，给我们送点儿绿色来。这是飞来树。"飞来树，很有意思的名字。

窗外的飞来树成了我们全家的朋友。我们在它身上没有花费任何心思，它却一天一天蓬蓬勃勃地成长着。随着树身的长高，树叶渐渐越过了窗台，不用探头，就能看到它绿色的身影。我们坐在厨房里吃饭时，飘摇的树叶犹如绿色手掌，在窗外优雅地向我们挥动。这位不请自来的绿色朋友，给我们平静的生活带来了意外的乐趣。

1997 年 8 月

第二辑

与象共舞

鹰之死

　　天是深蓝色的。坐飞机飞越太平洋时俯瞰地面，大海就是这种深蓝色，这无边无际的蓝色深沉得令人心头发颤，眼前发眩，想不出用什么词汇来形容它，描绘它。只是由此联想到世界的浩瀚，想到宇宙的无穷，想到无穷之中包藏着不可思议的内涵。也由此联想到人和生命的渺小，在这广袤辽远的天地之间，生命不过是一粒微尘……

　　微尘，芝麻大的一个黑点，出现在深蓝色的天空中，乍看似乎凝滞不动，仿佛钉在天幕上的一枚小钉。仔细观察，才发现黑点在动，像是滑行在茫茫大洋中的一叶小舟。

"鹰。"

墨西哥向导久久凝视着天上的黑点，轻轻地告诉我。那对栗色的眼睛里，闪动着虔敬神往的光芒。

"鹰。"

墨西哥向导追踪着天上的黑点，嘴里又一次发出低声的呼唤。

这是在墨西哥南方的尤卡坦平原上，我们的汽车在墨绿色的丛林中穿行，高飞在天的孤鹰把我的目光拽离地面，拉向元空。鹰，是墨西哥的国鸟，在那面绿白相间的墨西哥国旗中央，就有雄鹰展翅的图案，这是墨西哥人心目中的神鸟、吉祥鸟，它是勇敢和自由的象征。

鹰的形象逐渐清晰起来，宽大的翅膀张开着，也不见振动，只是稳稳地滑翔，忽而俯冲，忽而上升，矫健的身影沉着而又潇洒地描绘在深蓝色的天空，那深邃无垠的苍穹便是它自由自在的王国。它是遥远的，也是孤傲的，人无法接近它。

这时，我们的汽车驶进了一片墓地。浓密的树荫遮蔽了天空，鹰消失了。迎面而来的是玛雅人的坟墓。坟墓形形色色，色彩缤纷得叫人眼花缭乱。形状各异的墓碑和棺椁上绘满了鲜艳的花纹和图案，有些坟墓索性被堆砌成宫殿和摩天大楼的模型。连大楼上的窗户、壁饰和霓虹广告也被精心描了出来。远远看去，这墓地就像是一座被缩小了的现代都市。在人迹稀少的丛林中突然出现这样一座缤纷却又寂然无声的微型都市，感觉是奇妙的，一种神秘的气氛顿时笼罩了我的思绪。玛雅人，这个古老奇特的民族，竟用了这么多的颜色来装点死者的坟墓，我不知道这是一种古老传统的延续，还是现代玛雅人的创造。死者是没有知觉的，一切坟墓以及它们的色彩和装饰都是出于未亡人的需要，为了向人们显示死者家族的高贵和富裕，为了让人们记住死者生前的功德和地位等。反正，安卧在坟墓中静静腐烂的死者是什么也不会知道的，不管你是显赫的要人，还是卑微的贫民，一抔黄土掩面，余下的事情便是被泥土同化，人人难逃此劫。我想，假如死者有知觉的话，压在他身上的碑石还是轻一些，简朴一些为好……

正胡思乱想着，汽车又来到了宽阔的公路上，天空依然是那么深邃、那么蓝，几缕纹状白云在天边飘浮，如同远远而来的几线潮峰。鹰还在天上盘旋，它不慌不忙地飞，悠然沉稳地飞，看不出它飞行的轨迹。这高飞的孤鹰，似乎正在执着地寻找着什么，追求着什么。它的归宿在哪里呢？

鹰的归宿当然也是死！

鹰是如何死去的呢？

鹰也有坟墓么？

也许是刚从墓地出来的缘故，闪现在我脑海中的问题，居然都是死和坟墓。鹰啊，你高高地飞在天上，你是不会回答我的。

记起在四川坐船经过雄奇的瞿塘峡的时候，一位在山中长大的诗人曾指着峻峭的绝壁告诉我："最悲壮的是鹰的死。当一只老鹰知道自己死期将近时，便悄悄飞到绝壁上，在一个永远也不会被人发现的岩洞中躲起来，默默地死去。人们无法找到鹰的尸骨。这渴望自由的生命，即便死了，也不愿意被牢笼囚禁。假如灵魂不灭的话，坟墓也真可以算是另一种牢笼呢！"

也记起在新疆的大戈壁滩上旅行的时候，一位塔吉克猎人为我吹奏的鹰笛。这是用鹰翅骨制成的短笛，那高亢、尖厉、急促的笛音仿佛来自天外云中，来自极其遥远的另外一个世界。无论是欢快激越的曲子还是徐缓抒情的曲子，笛音中总是流溢出深深的凄怨，流溢出言语难以解释的哀伤。塔吉克猎人说："鹰是神鸟，它是属于天空的。鹰死在什么地方，人的眼睛永远看不见。"我问："那么，你手中的鹰笛是怎么来的？"猎人一笑，答道："用枪打的。这可不是猎杀鹰啊！取鹰骨制笛是为了把鹰的精神和形象留在人间。猎鹰是一件极严肃的事情，只有那些衰老的或者病危的鹰才能被打下来取鹰骨，而且必须经过有权威的老猎人鉴定。随意猎杀鹰，天理不容！"至于鹰的自然死亡是如何景状，猎人一无所知，只能在高亢凄厉的鹰笛声中由自己想象了。鹰笛的旋律飘忽不定，鹰的形象就在这飘忽不定的旋律中时隐时现，这是一只生命垂危的老鹰，正展开羽毛不全的黑色翅膀，顽强地做着最后的翱翔。它苦苦地寻找着自己的归宿，然而归宿隐匿在冥冥之中……

在墨西哥深蓝色的天空下，这些关于鹰的见闻和回忆在我的脑海里回旋翻腾着，它们无法编织成一幅清晰完整的图画。这些流传在中国的关于鹰的传说，和墨西哥有什么关系呢？从车窗仰望天空，那只孤独的鹰仍在悠然翔舞，仍在寻求着谁也无法探知的目标。鹰没有国界，它们大概是性情相通的吧，我想。关于鹰的死，在墨西哥不知是否有什么传说。那位墨西哥向导始终在注视着天上的鹰，陷入沉思之中。

"你们这里有没有鹰的墓地？"问题出口后，我有些懊悔了，这会不会冒犯主人呢？

墨西哥向导转过头来，栗色的眼睛里闪烁着惊讶。他盯住我看了一会儿，目光由惊讶转而平静。还好，没有恼怒的意思。

"鹰怎么有墓地呢？"墨西哥向导指了指天空，用一种神秘而又骄傲的口吻说，"它们的归宿在天上。假如生命结束，它们将在高高的空中化成尘埃，化成空气，连一根羽毛也不会留在地面！"

这下轮到我惊讶了。这和我在国内听到的传说简直是惊人地类似。没有国界的鹰啊！

也许，人是习惯于为自己构筑樊篱和牢笼的，对活人是如此，对死者也一样。人类的历史，便是在拆除旧樊篱旧牢笼的同时，不断构筑新樊篱新牢笼，这大概是人类作为高等生物区别于其他生物的原因之一吧。鹰呢，鹰就不一样了。我又想起了在长江三峡中听到的那位诗人对鹰的评论："这渴望自由的生命，即便死了，也不愿意被牢笼囚禁！"

抬头看车窗外的天空，那只孤鹰已经不知去向。只有渺无际涯的深深的蓝天，在我的头顶沉默着，不动声色地叙述着世界的浩瀚和宇宙的无穷……

1986 年 9 月

血
与
沙

一双奇异的大眼睛充满了电视屏幕。

这是一双布满了血丝、含着泪水的黑色眼睛，它呆呆地盯着前方，目光里流露出来的是惊惶，是恐惧，是疑惑，是仇恨，是愤怒，是麻木和疯狂的混合……

这是一双牛的眼睛，是一头受伤待毙的雄牛的眼睛。我无法说清楚这双眼睛所流露出的感情。

眼睛逐渐远去。牛的形象完整起来，清晰起来。它四脚分开定定地站着，巨大的头沉重地下垂，喷吐的鼻息犹如绝望的哮喘，而眼睛却竭力向上翻着直视前方，一对锋利的犄角和它的目光指着同一个方向。

它的耸起的肩胛上，插着四支钩枪，钩枪随着肩胛肌肉的颤抖不安地晃动着，浓而黏稠的鲜血从肩胛上慢慢地往下淌。

屏幕闪了一下，牛的形象消失了。取而代之的是一位中年斗牛士。刚才那双充血的牛眼所凝视的，就是这位斗牛士。他的服装是华丽的，白色的紧身外套上绣满了亮晶晶的花饰。他的右手平举着一柄雪亮的剑，剑锋向下，目标是牛脖子的后上部，从这个部位插入，便能直捣心脏，一剑将庞大的雄牛刺死……斗牛士是一位剽悍健壮的中年汉子，看架势便知道是个久经沙场的老手。那一头棕色的鬈发下，一双距离很近的眼睛微微眯阖着，眯成一线的黑色瞳孔闪着奇异的光。这目光中流露的情绪也是极复杂的，有骄傲，有嘲讽，有怜悯，有残忍，有自信，也有隐隐约约的迟疑和畏惧……

人和牛，就这样沉默着，对峙着。惊心动魄的斗牛，此刻到了惊心动魄的极点，翻江倒海一般沸腾喧嚣的观众席上，刹那间变得寂然无声。人们紧张得屏住了呼吸，期待那最后的时刻到来。在这沉默的对峙出现之前，斗牛士曾经用一块红布，把疯狂的雄牛逗引得团团转。那时雄牛还浑身充满了野性和力量，它低沉地吼叫着，有力的脚蹄蹬得沙土飞扬。它一次又一次低着头向斗牛士猛扑过去，斗牛士一动不动地站着，只是将手中红布轻巧地一挥，于是尖锐的牛角只是在舞动的红布上掠过，斗牛士微笑着安然无恙。受骗的雄牛越来越愤怒，它的进攻也越来越狂暴。那对巨大的犄角恨不能一下子戳穿骗局，戳穿行骗的斗牛士的胸膛。然而那红布却仿佛有着无法抗拒和抵御的魔力，雄牛的角只能擦着红布，狡猾的斗牛士永远潇洒而又安全地躲在那飘舞的红布背后。斗牛士的勇敢、敏捷、机智，在雄牛一次次受骗的过程中表现得淋漓尽致。这时观众在狂喊，在鼓掌，在跺脚，仿佛正在欣赏一场新鲜而刺激的艺术表演。在他们的眼里，人和牛的这种危机四伏的周旋永远是新鲜的。这是万物的灵长——人，和一种强悍的牲畜的较量，是智慧战胜愚钝，是机敏战胜莽撞，是狡猾的猎手一步一步把他的猎物引入陷阱……暴跳如雷的雄牛终于厌倦了，这反复不断的徒劳进攻消耗了它的大部分体力，它精疲力竭地站定了，只是瞪大一双充血的眼睛，死死地盯住面前这位使它发狂也使它困惑的人，仿佛在问："你，到底要把我怎么样？你这魔鬼！"斗牛士脸上掠过一丝微笑。他从容不迫地卷起红布，悄悄抽出了雪亮的剑，然后眯起眼睛，慢慢地将手中的剑平举到和眼睛一样的高度，剑锋向下，对准了牛的颈脖……

人和牛，在万众屏息的沉默中对峙了五六秒钟，漫长而又庄严的五六秒钟！斗牛士的每一根神经每一块肌腱都紧绷着处于高度亢奋状态，他的目标明确，他的任何细微的动作和表情都潜伏着杀机。而牛呢，它只是茫然失措地凝视着对手，全然不知等待着它的下一幕将是什么。也许，从那剑锋闪出的寒光中，它突然产生了不安和危险的预感，于是，它把头一低，又向斗牛士冲来……

就在雄牛移动脚步的同时，斗牛士也行动了，他旋风一般向近在咫尺的雄牛猛扑过去，人们只看到一道白光射向黑色的牛体。人和牛猛烈地撞了一下，斗牛士被弹得远远的，他在离开牛头三四步远的地方摇摇晃晃地打了个趔趄，然而终于没有倒下来。

雄牛还在低着头继续向前猛冲。在它粗壮的颈脖上，赫然多出四五寸长的一截铁棍——这是剑柄！在人牛相撞的瞬间，斗牛士竟将利剑整个儿刺进了雄牛的躯体！突然，雄牛站住了，它抬起头来，痛苦地扭动着，鲜血像喷泉般从它的嘴里涌出；然后它弯下前腿作跪地状，头慢慢地低下来，一直低到鲜血淋漓的嘴触到了沙地，终于带着几阵临死的痉挛倒下，仿佛崩塌了的一座黑色的山峰……

杀死一头雄牛的表演到此结束。接下来的镜头也是疯狂热烈的，成千上万的观众从座位上站起来，向场子里欢呼着呐喊着，手帕、鲜花、帽子、头巾，雨点一般向绕场边走着的斗牛士抛飞。斗牛士还没来得及理一理凌乱的头发，他深深地陶醉在成功和死里逃生的喜悦之中，只见他不住地向观众们挥着手，抛着飞吻，轻松的步子犹如跳舞。几朵红色的玫瑰落在他身上，花瓣和他衣襟上的血迹是同一种颜色。场里有人交给他一样东西，他笑着把它高高地举在手中，一个黑色的、毛茸茸、血淋淋的三角形东西——这是死去的雄牛的一只耳朵尖。于是看台上欢声掌声雷动，人们由衷地庆贺斗牛士得到了最高奖赏……

啪地关上电视机，房间里顿时一片安静。血、剑、兽的咆哮、人的呼叫，一切都消失得干干净净。窗外，是阳光灿烂的墨西哥城，鲜亮的绿荫和缤纷的楼群交织成一幅宁静的图画。然而我的思绪却无法平静下来，刚才在电视中出现的一系列镜头使我仿佛置身斗牛场，并且在极近的距离内目睹了一场惊心动魄的斗牛。我的手心里捏出了汗水，我的心跳因紧张而加速。这种带着原始和冒险色彩的竞技，给人的刺激和印象是那么强烈。如果坐在斗牛场里看这场人和牛的搏斗，恐怕会紧张得受不了。在电视里看到不少身穿盛装的太太小姐们也坐在看台上，和男性的斗牛迷们一起疯狂地尖叫、跺脚、鼓掌，不禁令人愕然。也许，在勇敢剽悍的斗牛士身上，洋溢着无可比拟的男子汉气概，这对许多女性有着难以抗拒的吸引力，尽管斗牛士们以屠杀为业，尽管他们的身上血迹斑斑……

墨西哥的斗牛士们是名扬天下的，不少斗牛士可以毫无愧色地和西班牙的斗牛大师们比肩而立，受到无数斗牛迷的崇拜。四百多年前，西班牙殖民者在墨西哥修建了斗牛场。斗牛，作为一种体育项目、一种娱乐活动，漂洋过海传到了墨西哥。几百年来，世事沧桑，战云起落，墨西哥像一艘在风浪中行驶的船，而斗牛却长盛不衰。墨西哥人在斗牛场里放声呼喊着，发泄着，只要红布挥动，只要剑光闪烁，只要牛的咆哮骤起，只要热腾腾的鲜血洒入沙土，他们便疯狂了，便忘却了现实中的所有哀怨烦恼。当一个斗牛士是许多少年轻人的梦想，因为斗牛士是勇敢无畏的象征，是男子汉中的精华，斗牛士的名字，和荣誉、金钱连在一起。难怪一位墨西哥诗人写下了这样的诗句：

> 失败的雄牛颓然倒地，
> 喷涌的红血是献给勇者的花束。
> 斗牛士像太阳一样升起来，
> 仰望他的女人们眼里燃着爱慕，
> 欢呼吧，欢呼有如金币在奏乐。

这位诗人或许也曾做过斗牛士的梦，那些讴歌斗牛士的诗行中隐约还流露着他的怅憾和醋意。

不过也有另一种给斗牛士的诗：

> 你以为长着犄角的雄牛，

就这么心甘情愿任你宰杀吗？

等着吧，骄傲的斗士，

在沉默的牛群里，

总有一对犄角将染上你的血！

这简直就像可怕的预言和诅咒。斗牛士们读着这样的诗句，恐怕会心惊肉跳的。

谁能想象斗牛士的担忧、痛苦和恐惧呢？为了那些万众欢呼的荣耀和威扬四方的名声，斗牛士付出的代价是巨大的。一位墨西哥作家告诉我，斗牛，是把性命捏在手中的冒险，任何高明的斗牛士都无法预料自己的下一场斗牛将会有何种结果。有一个细节很说明问题：在斗牛结束后，有些斗牛士走出沙场后的第一个动作便是往家里打电话，把自己平安无恙的喜讯告诉亲人们。斗牛士的母亲、妻子大多没有勇气到斗牛场观战。当她们的儿子或者丈夫在沙场和雄牛搏斗时，她们守在家中心惊胆战地等待着，可以想象，当电话铃突然在寂静之中响起来时，她们的手是如何颤抖着伸向话筒……

斗牛场上的惨剧屡见不鲜。斗牛士并不是永远以胜利告终，疯狂的雄牛曾经一次又一次用剑矛般的犄角刺穿斗牛士的身体。斗牛场的沙地上不仅有牛血，也有人血。就在我抵达墨西哥的前两个月，在西班牙首都马德里郊外的科尔梅那·比埃赫斗牛场上，21 岁的著名斗牛士豪赛·库贝罗把剑刺入疲极卧地的牛颈，正在向欢呼的观众致意时，那头已经倒下的近 500 公斤重的雄牛突然跃起冲向库贝罗，将角刺入他的胸部，然后，像挑一个稻草人似的将它的对手挑到空中，又重重地摔在地上。库贝罗的心肺被牛角穿透，不治而亡，而那头公牛也用尽了最后一点力气，倒毙在斗牛士身边……尽管反对斗牛的呼声此起彼伏，然而谁也无法使这种流传了千百年的人兽之斗中断，谁也无法烧灭斗牛迷们的热情。斗牛迷们反驳道："斗牛比赛车安全多了，如果完全失去危险性，那不成了耍猴儿了吗？"

本来想在墨西哥城看一场斗牛，遗憾的是，我们的访问中无法插入这一项目。

很巧，墨西哥城的大斗牛场就在离我下榻的宾馆不远的街区。那天看完电视不久，我一个人走出宾馆，迎着落日的余晖向斗牛场走去。五分钟以后，我就站在了斗牛场高高的围墙下。这是一个巨大的圆形建筑，四周有门，门柱上耸立着形态各异的雄牛和斗牛士的雕塑，狂奔的牛、向上蹿跃的牛、低头猛冲的牛、受伤垂危的牛，挥舞红布的斗牛士、骑马持枪的斗牛士、举剑冲刺的斗牛士……形形色色的牛和人，在高高的门柱上默默俯视着我，使我想起斗牛场上种种激烈的你死我活的搏斗。斗牛场前空旷的大街上不见一个人影，夕阳把我长长的影子投到灰色的铁门上，然而门紧锁着，斗牛场里的沙地和沙地上的血迹，只能通过想象来由我自己描绘了。尽管周围一片寂静，但我的耳畔似乎响起了无数声音，其中有牛的嘶吼，有人的呐喊，有靴子和牛蹄在沙地上踩出的声响，有枪剑和骨肉的摩擦撞击，有欢呼和笑声，有叹息和哭泣……

离开斗牛场时，我突然想起了伊巴涅斯的小说《血与沙》，想起小说结尾的两句感叹：

可怜的雄牛！可怜的斗牛士！

1986 年 9 月

与象共舞

在泰国，如果你在公路边的草丛或者树林里遇到一头大象，那是一件很自然的事情。不必惊奇，也不必惊慌，大象对蚂蚁一般的人群已经熟视无睹，它会对着你摇一摇它那对蒲扇般的大耳朵，不慌不忙地继续走它自己的路。那种悠闲沉着的样子，使你联想到人类的焦虑和忙乱。

象是泰国的国宝。这个国家最初的发展和兴盛，和象有着密切的关系。大象曾经驮着武士冲锋陷阵，攻城夺垒，曾经以一当十、以一抵百地为泰国人服役做工。被驯服的象群走出丛林的那一天，也许就是当地文明的起源之时。泰国人对象存有亲切的感情，这一点也不奇怪。

在国内看大象，都是在动物园里远观，人和象隔着很远的距离。在泰国，人和象之间失去了距离。很多次，我和象站在一起，象的耳朵拍到了我的肩膀，象的鼻息喷到了我的身上。起初我有些紧张，但看到周围那些平静坦然的泰国人，神经也就松弛了。在很近的距离看大象的脸，我发现，象的表情非常平静。那双眼睛相对它的大脑袋，显得极小，但目光却晶莹而温和。和这样的目光相对，你紧张的心情很自然地会松弛下来。

据说象是一种通人性的动物。在泰国，大象用它们的行动证实了这种说法。在城市里看到的大象，多半是一些会表演节目的动物演员。在人的训练下，它们会踢球，会倒立，会骑车，会用可笑的姿态行礼谢幕。最有意思的是大象为人做按摩。成排的人躺在地上，大象慢慢地从人丛里走过去，它们小心翼翼地在人与人之间寻找着落脚点，每经过一个人，都会伸出粗壮的脚，在他们的身上轻轻地抚弄一番，有时也会用鼻子给人按摩。一次，我看到一头象用鼻子把一位女士的皮鞋脱下来，然后卷着皮鞋悠然而去，把那躺在地上的女士急得哇哇乱叫。脱皮鞋的大象一点也不理会女士的喊叫，用鼻子挥舞着皮鞋，绕着围观的人群转了一圈，才不慌不忙地回到那女士身边，把皮鞋还给了她。那女士又惊又尴尬，只见大象面对着她，行了一个屈膝礼，好像是在道歉。那庞大的身躯，屈膝点头时竟然优雅得像一个彬彬有礼的绅士。

最使我难以忘怀的，是看大象跳舞。那是在芭堤雅的东巴乐园，一群大象为人们做表演。表演的尾声，也是最高潮。在欢乐的音乐声中，象群翩翩起舞，观众都拥到了宽阔的场地上，人群和象群混杂在一起舞之蹈之，热烈的气氛感染了在场的每一个人。舞蹈的大象，看起来没有一点笨重的感觉，它们随着音乐的节奏摇头晃脑，跺脚抬腿，前后左右颠动着身子，长长的鼻子在空中挥舞。毫无疑问，它们和人一起陶醉在音乐中。这时，它们的表情仿佛也是快乐的。我想，如果大象会笑，此刻的表情便是它们的笑颜。

看着这群和人类一起舞蹈的大象，我突然想起了多年前听说过的一个关于象的故事。这故事发生在俄罗斯的一个动物园。一天，一头聪明的大象突然对饲养员开口说话，饲养员不敢相信自己的耳朵，然而大象竟清晰地用低沉的声音喊出了他的名字……当时看到这报道时，我认为这是无稽之谈。此刻，面对着这些面带微笑，和人群一起忘情舞蹈的大象，我突然相信，那故事也许是真的。

离开泰国前，到一家皮革商店购买纪念品，售货员拿出一只橘黄色的皮包，很热情地介绍说："这是象皮包，别的地方买不到的！"我摸了摸经过鞣制而变得柔软光滑的大象皮，手指竟像触电一般。在这瞬间，我眼前出现的是大象温和晶莹的目光，还有它们在欢乐的音乐中摇头晃脑跳舞的模样……

人啊人，如果我是大象，对你们，我还有什么话可说！

1996 年 8 月记于曼谷

1996 年 10 月写于上海

夜海奇观

　　菲利浦岛像一柄弯曲的尖刀，插向大海的深处。公路就在岛的脊梁上蜿蜒，坐在车上看两边的海浪汹涌而来，仿佛自己正在逐渐沉入海中。落日的最后一缕光芒在海面上消失了，西天的彩霞即刻融化在海水中，天空变得和海水一样深蓝如墨。车灯亮了，在耀眼的灯光中，可以看见路边的灌木丛中有野生的袋鼠跳跃出没，还有灰色的野兔，站在路边，全然不理会轰鸣的大客车逼近过来。这些自由的动物，是山林的主人。到菲利浦岛的尽头，夜幕已经降临。下车走到海滩边时，已是满天星光。

这里是维多利亚州一个著名的旅游点，来自不同方向的旅游者在这片海滩上聚会，为的是同一个目的：看企鹅登陆。每天晚上，会有大批企鹅从这里上岸，一年四季，天天如此，成为澳大利亚的一个奇观。

　　坐在用水泥砌成的梯形看台上，看着夜幕下雪浪翻涌的大海，海和天交融在墨一般漆黑的远方，神秘难言。坐着等待时，听周围人的说话也是一件很有意思的事情。到这里来的人群中，有说英语的，有说法语的，也有不少说中文的，其中有普通话、广东话，还听到两个老人在说上海话。他们中有的来自新加坡和马来西亚，当然，也有来自中国的。记得 16 年前我访问墨西哥，在玛雅古迹游览时，没有人相信我来自中国。时过境迁，16 年后，坐在南太平洋的海岸上，竟会遇到这么多中国人。这大概也是中国开放和发展带来巨变的一种佐证吧。

　　人群安静下来。在雪涛翻卷的海面上，出现了一个个闪动的亮点，企鹅终于出现了。企鹅们从大海深处游过来，在海面上露出小小的脑袋，踏着层层叠起的海浪冲上沙滩。它们在沙滩上停留了一会儿，大声地鸣叫着，聚集起失散的伙伴，然后排列成整齐的队伍，一摇一摆地向海滩边的灌木丛走去。这样的景象，实在不可思议。这些企鹅，犹如夜海的精灵，每天夜幕降临后，它们就会游到这里登陆。它们从哪里来？又要到哪里去？它们为什么会每天这样从海里游到陆地上？是什么力量驱使它们这样不知辛劳地来回奔波？对大多数游人来说，这些都是谜。我无法数清一共有多少只企鹅，它们先后出现在数百米宽的海面上，一群接着一群。等候在沙滩上的人们，默默地注视着这些神奇的来客，看它们扑上海滩，走向灌木丛。我想，这大概也是生命和自然之间的一种默契，一种和谐吧。

从海滩往回走时，只听见路边的灌木林中飒飒响动，我就着灯光一看，竟发现了几只企鹅。它们旁若无人地走着，成为踏上归程的游客们的同路者。在灌木林中，有人们为企鹅搭建的巢穴，它们将在这里过夜，等天亮时，重新再回到海洋。这些企鹅，千百年来按自己的习性往返于海洋和陆地，这是它们的生活。现在，它们似乎已经成为演员。谁知道它们的这种生活还能延续多久呢？

2001 年初夏于四步斋

袋鼠和考拉

在人类还没有到达这片土地时，袋鼠就已经是这里的主人。在澳大利亚的山林和原野中，到处是它们活泼矫健的身影。袋鼠的英文名字是"kangaroo"，这名字的来历很有趣。英国人最初登陆澳大利亚时，发现这些在欧亚大陆上从未见过的动物，非常惊奇，便问当地的土著，这是什么动物。土著听不懂英语，便回答不知道。"kangaroo"，就是土著人说"不知道"的英文谐音。在澳大利亚旅行，坐车穿越山林时，常常能见到袋鼠在灌木林中出没。野生的袋鼠绝不会和人亲近，还没等人走近，它们就消失在丛林里，像一道棕色的闪电，倏忽即逝。

一次，参观维多利亚州的一个牧场，牧场里有被驯养得非常温顺的袋鼠，可以任人抚摸拍照合影。这使我有机会仔细观察这些奇特的动物。袋鼠后腿发达，后蹄三趾，尾巴粗而长，前腿已部分退化，和后腿相比，显得细小无力，前掌却有五趾。袋鼠在原野奔跑时，主要靠后腿和尾巴弹地跳跃，所以姿态和其他动物不同，袋鼠奔跑的速度超过跑得最快的运动员。在牧场里看到它们用四足行走，那是很奇怪的一种姿态，仿佛乞丐匍匐在地向人乞讨。袋鼠站起来有一人高，它们攻击对手时，总是处于站立的状态，四肢和尾巴都可以用来攻击。以前曾在电视节目中看到袋鼠之间的搏击，很像两个拳击运动员在台上竞技。听澳大利亚的朋友说，他们夜间行车穿越丘陵和原野时，常常会遇到成群结队的袋鼠，正在公路上行走的袋鼠看到灯光，会突然直立起身子，呆站在那里一动不动，所以常常被飞驰的汽车撞死。牧场里的袋鼠早已失去了奔驰山林的野性，它们用温和的目光迎接着来客，不慌不忙吃着人们丢下的食物。看着这些被驯化的袋鼠，我不由生出几分怜悯来。

在牧场上还看到两只高大的鸟，在羊群边悠闲地踱步，它们形如非洲鸵鸟，两翼的羽毛夸张地翘起，却不会飞行。这便是澳大利亚特有的鸸鹋，澳大利亚的国鸟。在澳大利亚的国徽上，有两种动物，一种是袋鼠，另一种就是鸸鹋。在这个牧场里，澳大利亚国徽上的这两种动物我都看到了。

和动作敏捷的袋鼠相比，人们也许更喜欢憨头憨脑的考拉。考拉，也就是树袋熊。我曾经去过一个著名的树袋熊保护区，一片巨大的桉树林，那里的空气弥漫着桉叶的清香，考拉们就栖息其中。步入树林深处，只见考拉们各自占据着一棵桉树，稳稳地坐在树枝上，不慌不忙地嚼着桉树叶。毛茸茸的考拉样子确实很可爱，我站在树下观察它，它坐在树上也用两只小小的黑眼睛看着我，目光中流露出来的是天真和淡然。对于突然闯入的不速之客，它似乎并不在意，任你怎么逗引它，它只是悠闲地嚼着树叶，仿佛天塌下来也与它们无干。考拉看上去动作迟缓，奇怪的是它们以各种姿态坐在树枝上，却能很好地保持着身体的平衡，怎么也不会摔下来。一位澳大利亚朋友告诉我，考拉为什么老是半睡半醒、痴痴呆呆的样子，这是因为和它们的食物有关。考拉唯一的食物是桉树叶，桉树叶中含有麻醉剂，所以整天嚼食桉树叶的考拉们便时时处于昏昏欲睡的状态。好在上苍让它们掌握了保持平衡的能力，所以它们能稳坐在树枝上，就是睡着了也不会摔下来。有人开玩笑说，澳大利亚人为什么大多性情温和而不逾矩，这也和空气中的桉叶气息有关。桉树是澳大利亚最主要的树种，世界上的桉树几乎都集中在澳大利亚。在澳大利亚旅行，只要是山林和旷野，目之所至，必定能见到桉树，白色的树干，茂密的绿叶，在天地间摇曳着它们多姿的形态。对靠桉树叶维持生命的考拉们来说，这里确实是它们的天堂。

2001 年 6 月于四步斋

绣眼和芙蓉

我曾经养过两只鸟，一只绣眼，一只芙蓉。

绣眼体形很小，通体翠绿的羽毛，嫩黄的胸脯，红色的小嘴，黑色的眼睛被一圈白色包围着，像戴着一副秀气的眼镜，绣眼之名便由此而得。它的动作极其灵敏，虽在小小的笼子里，上下飞跃时却快如闪电。它鸣叫的声音并不大，却奇特，就像从树林中远远传来群鸟的齐鸣，回旋起伏，变化多端，妙不可言。绣眼是中国江南的鸣鸟，据说无法人工哺育，一般都是从野地捕来笼养。它们无奈地进入人类的鸟笼，是真正的囚徒。它动听的鸣叫，也许是对自由的呼唤吧。

那只芙蓉是橘黄色的，毛色很鲜艳，头顶隆起一簇红色的绒毛，黑眼睛、黄嘴、黄爪，模样很清秀。据说它的故乡是德国，养在中国人的竹笼中，它们已经习惯。芙蓉的鸣叫婉转多变，如银铃在风中颤动，也如美声女高音，清澈婉转。晴朗的早晨，它的鸣唱就像一丝丝一缕缕阳光在空气中飘动。芙蓉比绣眼温顺得多，有时笼子放在家里，忘记了关笼门，它会跳出来，在屋里溜达一圈，最后竟又回到了笼子里。自由，对于它来说似乎已经没有多少吸引力。

两只鸟笼，并排挂在阳台上。绣眼和芙蓉相互能看见，却无法站在一起。它们用不同的鸣叫打着招呼，两种声音，韵律不同，调门也不一样，很难融合成一体，只能各唱各的曲调。它们似乎达成了默契，一只鸣唱时，另一只便静静地站在那里倾听。据说世上的鸣鸟都有极强的模仿能力，这两只鸟天天听着和自己的歌声不一样的鸣唱，结果会怎么样呢？开始几个月，没有什么异样，绣眼和芙蓉每天都唱着自己的歌，有时它们也合唱，只是无法协调成二重奏。半年之后，绣眼开始褪毛，它的鸣唱也戛然而止。那些日子，阳台上只剩下芙蓉的独唱时而飘旋起伏。有一天，我突然发现，芙蓉的叫声似乎有了变化，它一改从前那种清亮高亢的音调，声音变得轻幽飘忽起来，那旋律，分明有点像绣眼的鸣啼。莫非，是芙蓉模仿绣眼的歌声来引导它重新开口？然而褪毛的绣眼不为所动，依然保持着沉默。芙蓉锲而不舍地独自鸣唱着，而且叫得越来越像绣眼的声音。绣眼不仅停止了鸣叫，也停止了那闪电般的上下飞跃，只是瞪大了眼睛默默聆听芙蓉的歌唱，仿佛在回忆，在思考。它是在回想自己的歌声，还是在回忆那遥远的自由日子？

想不到，先获得自由的竟是芙蓉。一天，妻子在为芙蓉加食后忘记了关笼门，发现时已在一个多小时以后，那笼子已经空了。妻子下楼找遍了楼下的花坛，不见芙蓉的踪影。在鸟笼里长大的它，连飞翔的能力都没有，它大概是无法在野外生存的。

没有了芙蓉，绣眼显得更孤单了，它依然在笼中一声不吭。面对着挂在对面的那只空笼子,它常常一动不动地伫立在横杆上,似乎是在思念消失了踪影的老朋友。

一天下午,我从外面回来,妻子兴冲冲地对我说:"快,你快到阳台上去看看!"还没有走近阳台,已经听见外面传来很热闹的鸟叫声。那是绣眼的鸣唱,但比它原先的叫声要响亮得多,也丰富得多。我感到惊奇,绣眼重新开口,竟会有如此大的变化。走近阳台一看,我几乎不相信自己的眼睛:鸟笼内外,有两只绣眼。鸟笼里的绣眼在飞舞鸣叫,鸟笼外,也有一只绣眼,围着鸟笼飞舞,不时停落在鸟笼上。那只自由的野绣眼,翠绿色的羽毛要鲜亮得多,相比之下,笼里的绣眼显得黯淡,不过此刻它一改前些日子的颓丧,变得异常活泼。两只绣眼,面对面上下飞蹿,鸣叫声激动而急切,仿佛在哀哀地互相倾诉,在快乐地互相询问。

妻子告诉我,那只野绣眼上午就飞来了,在鸟笼外已盘桓了大半日,一直不肯飞走。而笼里的绣眼,在那野绣眼飞来不久就开始重新鸣叫。笼里笼外的两只绣眼，边唱边舞，亲密无间地分食着食缸里的小米，兴奋了大半天。

那两只绣眼此刻的情状，使我生动地体会到"欢呼雀跃"是怎样一种景象。妻子建议把笼门打开，她说那野绣眼说不定会自动进笼，这样我们可以把它养在芙蓉待过的空笼子里。有一对绣眼，可以热闹一些了。可我不忍心打断两只绣眼如此美妙的交流，我不知道，在我伸出手去开鸟笼门时，会出现怎样的局面。是野绣眼进笼，还是笼里的绣眼飞走？我想了一下，无论出现哪种结局，都值得一试。于是我小心翼翼地伸出手去，但还没有碰到鸟笼，就惊飞了笼外那只野绣眼。我打开笼门，再退回到屋里。笼里那只绣眼对着打开的笼门凝视了片刻，一蹦两跳，就飞出了鸟笼。它在阳台的铁栏杆上站了几秒钟，然后拍拍翅膀，飞向楼下的花坛，转眼就消失得无影无踪。

从远处的绿荫中，隐隐约约传来欢快的鸟鸣。

2002 年 9 月 3 日于四步斋

蝈蝈

窗台上挂起一只拳头大小的竹笼子。一只翠绿色的蝈蝈在笼子里不安地爬动着，两根又细又长的触须不时从竹笼的小圆孔里伸出来，可怜巴巴地摇晃几下，仿佛在呼唤、祈求着什么。

"怪了，它怎么不肯叫呢？买的时候还叫得起劲。真怪了……"一位白发老人凑近蝈蝈笼子看了半天，嘴里在自言自语。

老人的孙子和孙女，两个不满八岁的孩子，也趴在窗台上看新鲜。

"它不肯叫，准是怕生。"小女孩说。

"把它关在笼子里，它生气呢！"

小男孩说着，伸出小手去摘蝈蝈笼子。

"小囡家，别瞎说！"老人把笼子挂到小孙子摘不到的地方，然后又说，"别着急，它一定会叫的！"

整整一天，蝈蝈无声无息。两个孩子也差点儿把它忘了。

第二天，老人从菜篮里拿出一只鲜红的尖头红辣椒，撕成细丝塞进小竹笼里，"吃了辣椒，它就会叫的。"他很自信。两个孩子又来了兴趣，趴在窗台上看蝈蝈怎样慢慢把一丝丝红辣椒吃进肚子里去。

整个白天，蝈蝈还是没有吱声，只是不再在小笼子里爬上爬下。夜深人静的时候，蝈蝈突然叫起来，那叫声又清脆又响亮，把屋里所有的人都叫醒了。

"听见了吗？它叫了，多好听！"老人很有点儿得意。

两个孩子睡眼蒙眬，可还是高兴得手舞足蹈，把床板蹬得咚咚直响。

蝈蝈一叫就再也没有停下来，从早到晚，不知疲倦地叫，叫……它不停地用那清脆洪亮的声音向这一家人宣告它的存在，很快，他们就习以为常了。蝈蝈的叫声仿佛成了这个家庭的一部分。

蝈蝈的叫声毕竟太响了一点儿。在一个闷热得难以入睡的夜晚，屋子里终于发出了怨言："烦死了，真拿它没办法！"说话的是孩子的父亲。

"爸爸，蝈蝈为什么不停地叫呢？"

男孩问了一句，可大人们谁也不回答。于是两个孩子自问自答了。

"它大概也热得睡不着，所以叫。"

"不！它是在哭呢！关在笼子里多难受，它在哭呢！"

大人们静静地听着两个孩子的议论，只有白发老人，用只有自己能听见的声音叹息了一声……

早晨醒来时，听不见蝈蝈的叫声了。两个孩子趴在窗台上一看，小笼子还挂在那儿，可里面的蝈蝈不见了。小笼子上有一个整齐的口子，像是用剪刀剪的。

"它咬破了笼子，逃走了。"老人看着窗外，自言自语。

1984 年 8 月

第二辑

在旅途中

周庄水韵

一支弯曲的木橹，在水面上一来一回悠然搅动，倒映在水中的石桥、楼屋、树影，还有天上的云彩和飞鸟，都被这不慌不忙的木橹搅碎，碎成斑斓的光点，迷离闪烁，犹如在风中漾动的一匹长长的彩绸，没有人能描绘它朦胧炫目的花纹……

有什么事情比在周庄的小河里泛舟更富有诗意呢？小小的木船，在窄窄的河道中缓缓滑行，拱形的桥孔一个接一个从头顶掠过。贞丰桥、富安桥、双桥……古老的石桥，一座有一座的形状，一座有一座的风格，过一座桥，便换了一道风景。站在桥上的行人低头看河里的船，坐在船上的乘客抬头看桥上的人，相看两不厌，双方的眼帘中都是动人的景象。

周庄的河道呈"井"字形，街道和楼宅被河分隔。然而河上有桥，石桥巧妙地将古镇连缀为一体。据说，当年的大户人家，能将船划进家门，大宅后院，还有泊船的池塘。这样的景象，大概只有在威尼斯才能见到。一个外乡人，来到周庄，印象最深的莫过于这里的水，以及一切和水连在一起的景物。

我曾经三次到周庄，两次是在春天，一次是在冬天。每一次都乘船游镇，然而每一次留下的印象都不一样。第一次到周庄，正是仲春，那一天下着小雨，古镇被飘动的雨雾笼罩着，石桥和屋脊都隐约出没在飘忽的雨雾中，那天打着伞坐船游览，看到的是一幅画在宣纸上的水墨画。第二次到周庄是冬天，刚刚下过一夜小雪，积雪还没有来得及将古镇覆盖，阳光已经穿破云层抚摸大地。在耀眼的阳光下，古镇上到处可以看到斑斑积雪，在路边，在屋脊，在树梢，在河边的石级上，一摊摊积雪反射着阳光，一片晶莹，令人目眩。古老的砖石和清新的白雪参差交织，黑白分明，像是一幅色彩对比强烈的版画。在阳光下，积雪正在融化，到处可以听见滴水和流水的声音，小街的屋檐下在滴水，石拱桥的栏杆和桥洞在淌水，小河的石河沿上，往下流淌的雪水仿佛正从石缝中渗出来。细细谛听，水声重重叠叠，如诉如泣，仿佛神秘幽远的江南丝竹，裹着万般柔情，从地下袅袅回旋上升。这样的声音，用人类的乐器永远也无法模仿。

最近一次去周庄也是春天，然而是在晚上。那是一个温暖的春夜，周庄正举办旅游节，古镇把这天当成一个盛大节日。古老的楼房和曲折的小街缀满了闪烁的彩灯，灯光倒映在河中，使小河变成一条色彩斑斓的光带。坐船夜游，感觉是进入梦境。船娘是一位三十岁的农妇，以娴熟的动作，轻松地摇着橹，小船在平静的河面慢慢滑行，我们的身后，船的轨迹和橹的划痕留在水面上，变成一片漾动的光斑，水中倒影变得模糊朦胧，难以捉摸。小船经过一座拱桥时，前方传来一阵音乐，水面也突然变得晶莹剔透，仿佛是有晃荡的荧光从水下射出。船摇过桥洞，才发现从旁边交叉的水道中划过来一条张灯结彩的船，船舱里，有几个当地农民在摆弄丝弦。还没有等我来得及细看，那船已经转了个弯，消失在后面的桥洞里，只留下丝竹管弦声，在被木船搅得起伏不平的河面上飘绕不绝……我们的小船划到了古镇的尽头，灯光暗淡了，小河也恢复了它本来的面目，平静的水面上闪烁着点点星光。从河里抬头看，只见屋脊参差，深蓝色的天幕上勾勒出它们曲折多变的黑色剪影。突然，一串串晶莹的光点从黑黝黝的屋脊上飞起来，像一群冲天而起的萤火虫，在黑暗中划出一道道暗红的光线。随着一声声清脆的爆炸声，小小的光点变成满天盛开的缤纷礼花，天空和大地都被这满天焰火照得一片通明。已经隐匿在夜色中的古镇，在七彩的焰火照耀下面目一新，瞬息万变，原本墨一般漆黑的屋脊，此时如同被彩霞拂照的群山，凝重的墨线变成了活泼流动的彩光。最奇妙的，当然是我身畔的河水。天上的辉煌和璀璨，全都落到了水里，平静幽深的河水，顿时变成了一条摇曳生辉、七彩斑斓的光带，随焰火忽明忽暗的河畔楼屋倒映在水里，像从河底泛起的一张张仰望天空的脸，我来不及看清楚他们的表情，他们便在水中消失。当新的一轮焰火在空中盛开时，他们又从遥远的水下泛起，只是又换了另一种表情。这时，从古镇的四面八方传来惊喜的欢呼，天上的美景稍纵即逝，地上的惊喜却在蔓延……

我很难忘记这个奇妙的夜晚，这是一个梦幻一般的夜晚，周庄在宁静的夜色中变得像神奇的童话，古镇幽远的历史和缤纷的现实，都荡漾在被竹篙和木橹搅动的水波之中。

1999 年初夏于四步斋

香山秋叶

天下着微微细雨，远处的山坡上，却是血红的一片，像凝结在那里的晚霞，像燃烧着的火。这就构成了十分奇异的景象，走到这里，谁都会惊讶地感叹起来。

香山红叶！果然名不虚传。

我们来得正是时候。香山的园林工人告诉我们，前几天刚下过霜，山上的树叶被霜花儿一煎，神不知鬼不觉地便由绿变红了。

沿着盘山的道路，我急急地走着。"不用急，慢慢走慢慢看，红叶一片也不会飞走的。"陪我来香山的老诗人微笑着拍了拍我的肩膀。从前，我曾在他的诗文中看到过香山红叶，他充满激情的描绘使人难以忘怀——那是血，那是火，那是生命临终前顽强的微笑……我曾经觉得不可思议——几片秋天的树叶，怎么可能构成如此惊心动魄的景象呢？

走进密密的黄栌林中了。一片黄中透红的深沉的色彩，把我们笼罩起来。从山下看到的那一大片血红的云霞，现在就铺展在我们周围，一阵风吹来，整个世界仿佛都响起了沙沙声。

这就是红叶吗？我伸手从身旁的枝丫上采下一片黄栌叶，细细端详之后，不禁失望了。这实在是很普通的树叶，叶面呈褐红色，中间布满棕色斑点，边缘已经枯黄，如果要为它找一个形容词，恐怕只有用"憔悴"了。我想再挑一叶好一些的，很难，模样都差不多。

老诗人也许看出了我的失望，便笑着说："想得太好了，往往就要失望。不过，这红叶还是美的，你忘了刚才在山下仰望时的赞叹么？"他接过我手中的红叶，轻轻往山下一扔，那叶子飘飘悠悠旋转着，变成一个小小的鲜艳的红点，消失在起伏的黄栌林中——俯望脚下，竟也是一片使人眼睛发亮的红色海洋……

"有些东西，只能远眺而不能近看，只能整体看而不能个别看。红叶，大概就是这样。历尽了命运的坎坷和煎熬，怎么能再要求它们完美无缺呢？记住，这是在风霜中熬成的红色，而不是在暖洋洋的春风里吐露的红色。"

他讲得有道理。他写给香山红叶的诗文是真诚的。用生命的最后时光，顽强地为世界献出一份深沉的红色，这真是"生命临终前顽强的微笑"，这是引人深思的美！

然而，在香山，这种秋风里的微笑并不是绝无仅有的。下山的时候，我和老诗人不约而同地发现了一种辉煌的色彩，那是一团耀眼的鹅黄，像一把金光灿灿的折扇，打开在一片波动的红丝绒中。等到走近时我们方才看清楚，这色彩来自一棵高大的银杏树。

江南的银杏我见得不少，那些小小的扇形的树叶绿得很有灵气。秋风起后，树叶往往不知不觉便脱尽了，只留下粗壮有劲的枝干，孤独地兀立在寒冷之中。这样金黄的银杏树叶，我还是头一次见到。和红叶不一样，这些银杏叶，竟毫无憔悴之感，从叶柄到叶面，清一色的金黄，没有半点衰老的斑驳，也没有一丝枯萎的痕迹，黄得透明，黄得清新，真有点儿像绿叶初萌时那种水灵灵的质地和色泽。

我愕然了。老诗人也默默地观察着这棵银杏树，久久无语。为什么它不同于江南的银杏呢？也许，香山的土地，香山的秋风有什么特别的地方？

又一阵风吹来，冷冷的，有点儿刺骨了。满树金叶在风中沙沙地摇动着，仿佛正回答着我的疑问，然而我听不懂，听不懂它们那神秘的语言……

"它们笑得更美……"老诗人轻轻地说话了，像是自言自语。

是的，较之这里的红叶，这些银杏叶似乎更美、更动人。这客居他乡的南方之树，在北国的寒风里骄傲地笑着，明知在世之日已经不长，却没有流露出一丝伤感和悲哀……

假如说，在山上我曾经有过一些遗憾的话，此刻，这种遗憾已经烟消云散了。老诗人的诗，又涌上了我的心：

　　那是血，那是火，
　　那是生命临终前顽强的微笑！

1982 年秋记于北京

1983 年 4 月写于上海

晨昏诺日朗

落日的余晖淡淡地从薄云中流出来，洒在起伏的山脊上。在金红色的光芒中，山脊上那些松树的轮廓晶莹剔透，仿佛是宝石和珊瑚的雕塑。眼帘中的这种画面，幽远宁静，像一幅辉煌静止的油画。

汽车在无人的公路上疾驶，我的目标是诺日朗瀑布。路旁的树林里突然飘出流水的声音。开始声音不大，如同一种气韵悠长的叹息，从极遥远的地方飘过来。声音渐渐响起来，先是如急雨打在树叶上，嘈杂而清脆；继而如狂风卷过树林时发出的呼啸；很快，这响声便发展成震天撼地的轰鸣，给人的感觉是路边的丛林中正奔跑着千军万马，人马的嘶鸣和呐喊从林谷中冲天而起，在空气中扩散、弥漫，笼罩了暮色中的天空和山林……绿荫中白光一闪，又一闪。我看见了大瀑布！从车上下来，站在路边，远处的诺日朗瀑布浩浩荡荡地袒露在我的眼底。大瀑布离公路不到一百米，瀑布从一片绿色的灌木丛中流出来，突然跌入深谷，形成一缕缕雪白的水帘，千姿百态地垂挂在宽阔的绝壁上，深谷中，飞扬起一片飘忽的水雾。也许是想象中的诺日朗太雄伟，眼前这瀑布，宽则宽矣，然而那些飘然而下的水帘显得有些单薄，有些柔美，似乎缺了一些壮阔的气势。只有那水的轰鸣，和我的想象吻合。那震撼天地的声响，是水流在峭壁和岩石上撞击出的音乐，这音乐雄浑、粗犷，带有奔放不羁的野性，无拘无束地在山林里荡漾回旋。

诺日朗，在藏语中是雄性的意思。当地人把这瀑布称之为诺日朗，大概是以此来象征男子汉的雄健和激情。人世间有这样倾泻不尽的激情么？很想沿着林中的小路走近诺日朗，然而暮色已重，四周的一切都昏暗起来。远处的瀑布有些模糊了，在轰鸣不绝的水声中，在水雾弥漫的幽暗中，那一缕缕白森森飘动的水帘显得朦胧而神秘，使人感到不可亲近……晚上，住在诺日朗宾馆。躺在床上无法入睡，窗外飘来各种各样的声音，有风吹树叶的沙沙声，有山涧流水的哗哗声，有秋虫优美的鸣唱……我想在这一片天籁中分辨出诺日朗瀑布的咆哮，却难以如愿。大瀑布那震天撼地的声音为什么传不过来？也许是风向不对吧。

第二天清早，天刚微亮，群山和林海还在晨雾的笼罩之中，我便匆匆起床，一个人徒步诺日朗。路上出奇地静，只有轻纱似的雾气，若有若无地在飘。忽听背后嘚嘚有声，回头一看，是两匹马，一匹雪白，一匹乌黑，正悠然自得地向我走来。这大概是当地人养的马，却不见牧马人。两匹马行走的方向也是往诺日朗，我和它们并肩而行时，相距不过一米。两匹马并没有因为遇见生人而慌乱，目不斜视，依然沉静而平稳地踱步，姿态是那么优雅，仿佛是飘游在晨雾中的一片白云和一片黑云。到诺日朗瀑布时，两匹马没有停步，也没有侧目，仍旧走它们的路，我在轰鸣的水声中目送两匹马飘然远去，视野中的感觉奇妙如梦幻。

诺日朗又一次袒露在我的眼前。和夕照中的瀑布相比，晨雾中的诺日朗显得更加阔大，更加雄浑神奇。瀑布后面的群山此刻还隐隐约约藏在飘忽的云雾之中，千丝万缕的水帘仿佛是从云雾中喷涌倾泻出来，又像是从地底下腾空而起的无数条白龙，龙头已经钻进云雾，龙身和龙尾却留在空中，一刻不停拍打着悬崖峭壁……

沿着湿漉漉的林间小道，我一步一步走近诺日朗。随着和大瀑布之间的距离不断缩短，那轰鸣的水声也越来越大，迎面飘来的水雾也越来越浓。等走到瀑布跟前时，头发、脸和衣服都湿了。这时抬头仰观大瀑布，才真正领略到了那惊天动地的气势。云雾迷蒙的天上，仿佛是裂开了一道巨大的豁口，天水从豁口中汹涌而下，浩浩荡荡，洋洋洒洒，一落千丈，在山谷中激起飞扬的水花和震耳欲聋的回声。此时诺日朗的形象和声音，合成了一个气势磅礴的整体。站在这样的大瀑布面前，感觉自己只是漫天飘漾的水雾中的一颗微粒。我想起许多年前在雁荡山看瀑布时的情景，站在著名的大龙湫瀑布跟前，产生的联想是在看一条巨龙被钉在崖壁上挣扎。此刻，却是群龙飞舞，自由的水之精灵在宁静的山谷中合唱出一曲震撼天地的壮歌，使人的灵魂为之战栗。面对这雄浑博大、激情横溢的自然奇景，人是多么渺小，多么驯顺！

然而大瀑布跟前实在不是久留之地，因为空气中充满浓密的水雾，使人难以呼吸。赶紧往后退，退入林间小道。走出一段再往后看，诺日朗竟然面目一新：奔泻的瀑布中，闪射出千万道金红色的光芒，这是从对面山上射过来的早霞。飘忽的水雾又把这些光芒糅合在一起，缤纷迷眩地飞扬、升腾，形成一种神话般的气氛……这时，远处的山路上传来欢呼的人声。是早起的游人赶来看瀑布了。

上午坐车上山时，绕过诺日朗背后的山坡，只见三面青山环抱着一大片碧绿的湖水，平静的湖水如同一块硕大无朋的翡翠，绿得透明而深邃，使人怀疑这究竟是不是水。当地人把这样的高山湖泊称为"海子"。陪我来的朋友指着一湖碧水，不动声色地告诉我："这就是诺日朗。"

这就是诺日朗？实在难以把这一片止水和奔腾咆哮的大瀑布联系在一起。朋友说的却是事实。三面环山的海子有一面是长长的缺口，这正是大瀑布跌落深谷的跳台，也就是我在谷底仰望诺日朗时看到的那道云雾天外的豁口。走近海子，我发现清澈见底的湖水正在缓缓流动，方向当然是那一道巨大的豁口。这汇集自千峰万壑的高山流水，虽然沉静于一时，却终究难改奔腾活泼的性格，诺日朗瀑布，正是压抑后的一次爆发和倾泻。只要这看似沉静的压抑还在，诺日朗的激情便永远不会消退。

1992 年 8 月 19 日记于九寨沟

最后的微笑

　　每一棵树都有一部不平凡的历史。有时候，当一棵盘根错节、绿冠如云的老树出现在我面前，我会站在它的浓荫下，凝视着树身上那些斑斑驳驳的疤痕，痴痴地想上半天。它们也曾经是一株株纤弱的幼苗，那当然是很久很久以前的事情了，几十年，甚至几百年。当初和它们一起出土的幼苗们，绝大部分都早已变成了泥土，变成了飞灰，而它们却活了下来，将根深深地扎进了泥土，把绿冠高高地展开在天空，长成了顶天立地的大树。它们所经历的煎熬和灾难人类是无法全部想象的——狂风、暴雨、霹雳、冰雪、洪水、天火，猛兽的牙、蹄，人类的刀、斧……也许正是因为这些原因，老树的形象总是威武不屈的，尽管有扭曲的虬枝，尽管有创痕累累的树干，却绝无萎蔫朽败之态，那叶瓣的青绿和年轻的树们一样溢出生机，而那粗壮斑驳的枝干，更是力量和生命的雕塑，人类的雕刻刀是不可能雕出它们来的。这些屹立于大地和山冈的老树，是同类中的强者，是和命运、环境搏斗抗争的胜利者。它们之所以成为风景中必不可少的台柱，成为人类景仰的对象，实在是自然而又必然的了。

是呵，每一棵老树都会有一部惊心动魄的曲折历史，只是仅仅凭借着人们的画笔和文字，恐怕无力描绘这些历史。谁见识过漫长岁月中的那些风雨雷电呢？

在太湖畔，在一座树木葳郁的深山里，我听说过一棵古柏的故事。据说吴王夫差路过那里的时候，那棵柏树就在山中了。它蓬蓬勃勃地绿了两千多年，默默无闻地活了两千多年，谁也不去注意它。有一天，一道雷电击中了它，烈火无情地焚烧着它那苍劲的枝干和墨绿的树冠。烈火熄灭之后，这棵古柏便不复存在了，人们只能在袅袅的烟缕中依稀回想起它昔日的雄姿。粗壮的树干被烧得只剩下几片薄薄的树皮，像几把锈迹斑斑的蚀残的古剑，茕茕孑立着。想不到，一年以后，在这几片化石一般的树皮上，竟然又长出了青嫩的叶瓣。这奇迹使人们惊呆了。这简直就像一位死去多时的老人突然在一个早晨又睁开了眼睛！可是依然没有人想到去保护它。于是又有一天，一辆手扶拖拉机横冲直撞开进山里来了。这手扶拖拉机在当时还是稀罕物，山里人以惊奇的目光追随着它。而拖拉机手得意得就像是一位山神爷，仿佛整座大山，整个世界都比不上他那台会叫会冒烟会一颠一跳奔驰的拖拉机。经过古柏残桩的时候，拖拉机突然一歪，迎着那几片茕茕孑立的树皮冲去。树皮折断了，转动的胶轮在它们身上辗着，如同势不可挡的铁骑无情地践踏着被征服者的尸体……古柏似乎是彻底消失了，人们也几乎是彻底忘记了它。山里多木柴，山里人对那几片老朽的树皮毫无兴趣，它们支离破碎地卧倒在泥土中，唯有让岁月的风雨把它们消化成新的泥土了。然而奇迹依然没有结束，风风雨雨又一年之后，那些卧倒的树皮上，星星点点地又萌出了新绿。哦，这活了两千多年的生命，这历尽千难万苦的生命，它不肯轻易死去，它要用自己的最后一息余温，向世界昭示生命的坚忍和顽强。山里的人们终于发现了这奇迹，并且悔恨起来。可是悔恨已经晚了，要这些奄奄一息的树反再重新长成一株参天大树，那只能是梦中的情景。

我去看那几片奇异的老树皮时，心情是极其复杂的，除了浓浓的遗憾，除了隐隐的愤懑，还有由衷的崇敬。我凝视着它们苍老残缺的容颜，凝视着那些从树皮裂缝中一丝丝一点点一簇簇钻出来的绿芽，默然伫立了很久。山风旋起的时候，起伏的林涛在幽谷中汇合成一阵阵美妙的无词合唱，山中大大小小的树木都在为它们中间的一位可敬的长者歌唱，它们深情而又忧伤地唱着……在深沉的林涛中，我觉得躺在泥土中的老树皮正在微笑，这是千年古柏留给世界的最后的微笑，这是动心夺魄、发人深省的微笑。谁能说出这最后的微笑能延续多久呢，谁能断言这一丝丝一点点一簇簇的绿芽再不能长成一棵大树甚至一片绿林呢！

　　然而不管怎么样，用一个顽强动人的微笑作为一个生命、一部历史的终结，这是可以引以自慰的。

1985 年 2 月 27 日于上海

玛雅之谜

　　秋夜，在墨西哥南方广袤的尤卡坦平原上，深蓝色的天空中闪烁着密集的星星。星空下有一些奇妙的曲线，在朦朦胧胧的地平线上起伏蜿蜒。那是古代墨西哥人留下的金字塔和庙宇，千百年来一直默默地耸立在那里，像无数巍峨的问号，横亘在人们面前……

　　幽暗中，响起一个苍凉低沉的声音："玛雅人用悲观的目光仰望着天空。天上的神灵啊，何处是玛雅人的出路……"

　　这声音在空旷的废墟中回荡，也在每一个站在这片废墟上的外来者心中回荡。这是主人为参观者安排的一个节目。当人们在庙宇的平台上坐定，这声音便从那些黑黝黝的门户中飘出来。一些闪烁不定的灯光也开始在沉默的废墟和金字塔上游动。声音和灯光叙述的是关于玛雅人的古老的传说，可惜我无法听懂那烟缕般飘忽的西班牙语，只是感受到一种神秘的、凄凉的、悲壮的气氛。在那些来自远方的陌生语汇中，有一个音节反反复复在我的耳畔萦回：玛雅、玛雅、玛雅、玛雅……

玛雅，这是一个颇含神秘色彩的词，它和许多不解之谜连在一起。以前听到那些关于玛雅的传说时，觉得它是不可思议的。我曾经翻过中国的《辞海》，其中竟查不到这个条目，这使我深感困惑。大概编《辞海》的专家也感到其中的蕴涵太玄太迷离，所以避而不提了，这更加重了它在我心中的神秘色彩。现在，到了玛雅人的故乡，玛雅人和他们留下的种种创造，毫无保留地呈现在我的眼前。那层神秘的面纱，终于逐渐地开始消散……

登上高高的金字塔

奇青伊特萨（今译作奇琴伊察），曾经是古代玛雅人的一块圣地，我们到那里时，正是中午，高悬的烈日火辣辣地灼人。在强烈的阳光照耀下，那些古老的建筑像一群昏垂着的巨兽，庞大的身躯闪烁着金黄的光泽。穿过玛雅人当年用来赛球的广场，雄伟的埃利卡斯蒂略金字塔便赫然出现在一片绿草覆盖的旷野之中。

埃利卡斯蒂略金字塔是玛雅人智慧和文化的结晶之一。站在金字塔下抬头仰望，但见一排宽阔整齐的石级直达高高的顶端。顶端是一个正方形的平顶石塔，形如现代战争中的钢筋水泥堡垒，又有点像万里长城中的那些烽火台。台阶两边和地面吻合处，有两个巨大的岩石兽头，其形状似龙非龙，似虎非虎。墨西哥向导告诉我们，这是"羽蛇"，是玛雅人崇拜的一种神灵，在他们的建筑中，到处可以见到羽蛇的形象。每年春夏之交的某个固定的时辰，阳光将把金字塔齿状棱角的斜面投影到台阶栏壁上。这时，从远处看去，那曲折起伏的阴影便和台阶尽头的羽蛇头连成了一体，金字塔上顿时出现了一条蜿蜒作腾飞状的巨大的羽蛇。这景象当年大概曾使玛雅人如痴如狂，他们崇拜的神灵在阳光下降临了！这其实还得归功于玛雅人自己，是他们精确地在金字塔上作了巧妙的设计。这样的建筑，即便是今天的设计师恐怕也很难胜任，其中不仅需要精确的数学计算，还涉及深奥的天文知识。

埃利卡斯蒂略金字塔和埃及的金字塔在外形上有很大区别。玛雅人和古埃及人建造它们的目的也完全不同，埃及的金字塔是法老的坟墓，而玛雅人造金字塔却是为了举行他们的祭祀仪式。不久前，人们偶然在埃利卡斯蒂略金字塔一侧发现了一个隐秘的涵洞。考古学家们顿时蜂拥而至。不少人断言可以在这前所未知的涵洞中发掘出玛雅人的墓穴，这样，美洲和非洲的金字塔就没有什么本质的区别了。然而挖掘的结果却使人失望，涵洞深入金字塔腹部数十米，顶端是一间窄小的暗室，暗室中只有一尊美洲虎的石雕，其用意何在？至今依然无法明了。

从幽暗的涵洞出来后，我一口气沿着陡峭的石级登上了金字塔顶端的平台。我数了一下，台阶共 91 级，把金字塔四侧的台阶加起来，再加上塔顶的平台，不多不少，正好 365 级。在公元前 310 年，玛雅人便开始使用他们的历法，极其准确地推算出金星年和地球年。据说，他们留传下来的天文计算可适用 4 亿年！当时几乎是赤身裸体生活在丛林里的玛雅人，能在科学上达到如此成就，简直不可思议。埃利卡斯蒂略金字塔和其他玛雅建筑都是根据他们的历法和天文学来设计建造的，每一块砖石都和他们的历法有一定的联系。

我脚下的平台是由普普通通的岩石铺成的，石面粗糙不平，斧凿的印迹依稀可辨。那个平顶石塔也十分简陋，塔中只有一个阴暗狭窄的小室。如果用来作神的居室，实在太陋小；用来住人，恐怕也不会舒服。站在这样一个平台上，似乎很难产生什么神秘感，甚至会产生一种怀疑：那些关于玛雅历法的惊人之谈，是不是真的？金字塔表面镶嵌着巨大的岩石板块，这只是金字塔的皮肤。有些石板已经脱落，皮肤下面便露出筋肉来——那是一些不规则的石块。这些不规则的石块能垒成这样一座巨塔，似乎又使人感到有些不可思议了。放眼远眺，脚下的景象蔚为壮观。金字塔前的大广场可以容纳数万人，广场尽头残存着一些砖石的建筑，这都是当年规模巨大的神殿和祭坛。我的眼前仿佛出现了玛雅人当年集会祭祀的场面：广场上万头簇拥，人们裸露的肌肤在强烈的阳光下反射出红铜般的色泽。玛雅大祭司站在金字塔顶上，昂首苍天，口中发出含混不清的呼喊，人群应和着……谁也无法考证玛雅人当年是如何呼叫呐喊了，时光不可能倒转两千年。

坍了半边的天文台

太阳失去了耀眼的光芒，斜斜地落到了天边，和西方的地平线交接的那一片天空变成了深深的紫红色。天文台投在天幕上的剪影是奇妙的，就像一个戴着金属头盔的古代武士，正凝望着夕阳默默沉思……

奇青伊特萨的玛雅天文台也是世界闻名的，美国哥伦比亚广播公司曾用它做广告。那残缺的圆顶和黑洞洞的瞭望孔不止一次出现在中国的电视屏幕中，据说这是世界上最古老的圆形建筑。使我惊讶的是，它的形状和现代天文台竟如此相似。远远看去，用不到提示，任何人都能辨认出来，这是天文台。

走近了再看，情形便不一样了。这天文台，毕竟老了。我绕着天文台走了一圈，只见枯黄的败草在石缝里飘摇，到处有豁裂坍倒的痕迹。天文台正面还基本保持着原状，它的背面，却狠狠地坍下了小半边，天文台内部的结构清晰可见：一条条窄窄的旋梯从底层盘旋而上，直通顶部的观测台，圆形的屋顶上开有观察星空的窗孔。从那些碎裂的砖石中似乎能看到继续颓败的趋势。

　　天文台建筑在一个高高的台基上，台基成阶梯状，上下共三层，底下的平台足有六七十米见方，当年的宏伟依然还在。有意思的是，这天文台的观察窗并没有瞄准最亮的星体，玛雅人当时不可能有精密的天文望远镜，然而他们竟知道了用肉眼根本无法看到的天王星和海王星。这又是一个谜。墨西哥向导告诉我们，在天文台顶部的窗孔中，有一些极精确的刻度，移动的阳光会在这些刻度上标出一年四季和一天中的各个时辰。在每年春天和秋天的某个特定的时间内，射入天文台正面窗孔的阳光将不偏不倚地洞穿背面那个窗孔。玛雅人从中窥见了日月星辰运动的某些轨迹。

　　因为天文台损坏严重，参观者只能站在底下看，顶层那个观测台究竟是何等模样，只能在想象中描绘它了。不过，我想还是不上去为妙，在想象中它还能保持一种神奇的色彩。假如低头弓腰沾一身尘土爬上去一看，这种色彩便可能会荡然无存。于是想起了周敦颐的一句话："可远观而不可亵玩焉。"这句话，对整个奇青伊特萨天文台都管用。

走下平台，再回望被昏红的暮色笼罩的天文台，一股无法名状的敬意油然而生。当年，那些玛雅的天文学家们披着暮色，通过高高的平台走进他们的天文台时，一定怀着一种骄傲而又激动的心情，这天文台缩短了人类和星空的距离。玛雅天文学家的眼睛曾透过那窄小的窗孔久久地谛视灿烂星空，也许，他们的视野中曾经出现过现代人无法看到的奇观……

在逐渐昏暗的暮色中，天文台越来越像一个戴着头盔的古代武士。他那苍老的脸容是朦朦胧胧的，只有那两个黑黝黝的窗孔，仿佛一双神秘的眼睛。这是玛雅人的眼睛，他们的眼睛瞩望着未来，他们的目光曾洞察世间的险秘。我不禁想起一位墨西哥作家意味深长的话："玛雅人的目光依然在这片土地上游动。"

永不闭合的望天之眼

"瞧，有人说，这就是玛雅人的一只眼睛，它永不闭合，仰望着天空。"

又是玛雅人的眼睛！顺着墨西哥向导手指的方向望去，所有人的目光里都闪出惊奇来——一口巨大的深井，赫然映入我们的眼帘。这是岩石中凹陷下去的一个奇异的天然巨井，直径约莫有六七十米，井深有七八十米，井壁垂直陡峭，表面布满风化的裂痕，犹如千万年前凿刻的无人可辨的神秘铭文。站在井边往下看，一股阴气扑面而来，令人毛骨悚然。井水是墨绿色的，其间似乎还翻涌着血红和深棕色，水的深度和浑浊可想而知，深井的古老和神奇也在最初的一瞥中便能感觉到。这口井的成因曾使很多人大感兴趣。有人认为这是一个陨石坑，还有人认为这是一个火山口，然而后一种说法为大多数人所否定，因为它的形状和火山口差异甚大，而且周围也没有岩浆流淌的痕迹。

这曾是玛雅人的一口圣井，井距离埃利卡斯蒂略金字塔顶端984米，据说这也是一个和玛雅历法有关的数字。在久旱无雨的季节里，玛雅人曾聚集在井的周围祭祀求雨。玛雅人的这种祭祀活动究竟是怎么一回事，没有任何文字可考。20世纪初，一位勇敢的美国考古学家冒着亡命危险，让人用绳索牵着潜入污浊的深井，从井底的淤泥深处挖出许多让人目瞪口呆的东西来。其中不仅有珠宝和艺术品，还有一具具童男童女的尸骨！于是，千百年前的一幅可怕的图景便出现在人们眼前了：头插羽翎的祭司站在井边的祭坛上，仰对着喷火的烈日念念有词。在他悠然挥手的刹那间，一对少年男女被一群表情麻木的成年汉子猛地抛下井去，顿时，深深的井壁间回旋起一阵稚嫩而又惊悸的呼叫。这惊叫极其短促，很快就随着沉闷的落水声消失了。浑浊的井水吞没了两个小生命，墨一般凝重的水面只是泛起几圈不规则的涟漪……

隐在冥冥之中的那位雨神，恐怕未必领情，天空很可能依然烈日高悬。经历了一次又一次失望之后，玛雅人会不会产生怀疑呢？这真是个使人生疑也使人生悲的现象。一个在科学上取得了如此了不起成就的民族，竟如此不珍惜生命！这不能不说是一种矛盾。智慧和愚昧，同时并存于玛雅人的世界中。我想起在玛雅运动场的一堵石墙上看到的一组浮雕，描绘的是他们赛球的情景。比赛的两支球队经过激烈的争夺分出了高下，赢队得到的荣誉是——队长被送上断头台当众处死！浮雕上的那位被处死的武士手里高举自己被砍下的头颅，脸上含着宁静的微笑。也许，在玛雅人的观念中，死是一种幸福，是一种光荣，是一种崇高的行为？

我不知道人们为什么把它比作玛雅人的眼睛，从它仰望着天空的永不闭合的目光里，我看到的是痛苦和迷惘。其中的含义，只有长眠井底的那些玛雅少男少女们才能解释。

在静静的密林中

向导把我们引进了一片幽静的密林。一条两米宽的小径曲曲弯弯通向密林深处。林子还处于一种原始状态，各种树木混杂在一起，深深浅浅的绿色参差辉映着，组合成一个深不可测的绿色世界。腐叶的气息在林子里无声地弥漫。假如不是这条小径，这暗无天日的密林将是一个迷魂阵，走进去后很难再走出来。50年前，这片密林中的一切还不为现代世界所知。第二次世界大战后，有一位美国考古学家开着吉普车来到这里，附近的印第安人用刀斧在密林中艰难地开出这条小路。因为不断有游人慕名而来，路已经被人们踏宽了。

"蜂鸟！"向导突然叫了一声。循声望去，只见一对小如马蜂的飞鸟拍着翅膀从一丛灌木中飞起，嘴里发出清脆悦耳的鸣叫，眨眼间便在浓荫深处隐去。我们的脚步声惊扰了它们的安宁。

蜂鸟的鸣叫刚刚消失，密林中豁然一亮，金黄色

113

的阳光喷泉一般从一片稀疏的枝叶间倾泻进来。一堵形状奇特的石墙黑乎乎地耸立在我们眼前，阳光勾勒出它那古堡般的"凸"形轮廓。我发现，这墙上有许多不规则的孔洞，阳光穿过这些孔洞，一束一束射到铺满落叶和败草的地面上。

"这是玛雅人的测风墙。风从这些洞孔中穿过时，玛雅人便能测定风向和风力。"向导的说明很简洁，但语气中有一种自豪感。

这墙，又是一个谜。实在无法想象玛雅人当年究竟如何用它来测风。然而由此可以推想，玛雅人在千百年前就有了自己的气象站。

不时有一些古老的庙宇和金字塔残基在密林深处突然出现，引起我们一阵又一阵的惊叹。那些玛雅神庙是奇特的，所有建筑全部用石块垒成，神庙正面的墙上，密密麻麻排列着羽蛇的头。这是一些狰狞的形象，它们龇牙咧嘴，圆睁着铜铃似的眼睛，还有一条长长的鼻子。几十个几百个这样的怪兽从墙上恶狠狠地探出头来盯着你，真有点叫人心里发怵。然而在玛雅人的眼里，这些兽头或许是庄严而又可亲的。这大概有点像中国的龙和麒麟，外国人看它们，未必会觉得可爱。玛雅建筑物的内部大多幽暗窄小，顶部一律呈尖尖的三角形，很有点像荒山中的岩洞。如果以这样的洞窟作居室，想来不会怎么舒服。它们的优点却也显而易见，一是阴凉，二是安全。此外，石墙上有如此众多的羽蛇神守护着，有什么妖魔鬼怪还敢来冒犯呢？

丛林中出现了一片开阔地。沿着开阔地上一条长满荒草的古道，我们走到了一座高大的石门前。这是一座很有气势的石拱门，高有十五六米，用许多土红色的方形大石块砌成，孤零零兀立在古道中央，平顶威严地亮出丛林，似乎是一种庄重的象征。这拱门肯定没有多少实用价值，古代玛雅人搭起它不知出于何种需要。这会不会是他们的"凯旋门"呢？

离开"凯旋门"不久，前方的丛林中竟真的飘来了笑声和歌声。我走近一看，眼睛不禁一亮——一群穿红着绿的墨西哥少男少女，正坐在丛林中的一片草地上谈笑唱歌，看样子，是一批来这里度假的中学生。看到我们这几个外国人，他们笑着朝我们频频挥手，有几位调皮的姑娘还向我们抛着飞吻。这些年轻人欢乐的声音使这片古老的丛林出现了喧闹的生机，神秘的气氛也随之消散了。

有外星人来过吗？

在墨西哥人类博物馆里，曾看到一幅玛雅人的浮雕，浮雕来自帕伦克的玛雅神殿。画面很复杂，正中是一个侧身坐着的玛雅人，他上半身向前俯倾，手中握着一根不可名状的操纵杆，左脚踩在一块踏板上。他的坐骑非常奇怪，像车却无轮，像船却无帆，座椅旁边有不少箱子、环状物和螺状物，颇似现代的无线电和机械，坐骑底下是许多如烟如云的条纹。这幅奇怪的浮雕曾引起人们的种种猜测。曾经惊动了世界的一种最惊人的说法是：这是古代玛雅人描绘的宇宙飞船！

飞船中的人物和现代宇航员极为相似，而那些云烟似的条纹，只能是从火箭推进器中喷出的火焰与气体……

于是，一种传说便在世界上流行了，玛雅人何以在数千年前便能有如此高度发达的文化，他们靠的是外来的智慧和力量——无所不能的外星人曾经驾着宇宙飞船来到他们中间，为他们制定了历法，帮他们建起了巨大的金字塔，并且指导他们完成了许多当时人类无力完成的业绩。这种说法新鲜有趣，却并不能使所有的人信服。然而面对着一大堆难以解释的现象，这种说法可以引导人们从一条引人入胜的捷径走向答案。作为众多猜测中的一种，它是颇具吸引力的。假如以这种说法作为前提来寻访玛雅古迹，那么，所有一切似乎都披罩上了一层神奇的光圈。抚摸着那些古老斑驳的残垣断壁，你仿佛也和法力无边的外星人有了某种交流。

有外星人来过吗？我这样问陪我们参观的两位墨西哥女士，她们只是不置可否地向我微笑。当问那位机智敏捷的墨西哥向导时，他的回答很有意思："你可以信，也可以不信。这本来就是一种猜测嘛。"

于是，我仔细地观察玛雅人当年的创造，看那些巍峨的金字塔，看那些残缺不全的神庙，看那些已经倒塌和正在倒塌的石窟，看那些造型奇特的石雕……我想以自己的观察得出自己的结论。玛雅金字塔是用岩石一块一块垒砌起来的，较之埃及的奇阿普斯大金字塔规模要小得多，较之中国的万里长城就更是小巫见大巫了。我算了一下，还在玛雅人建造这些金字塔时，中国的万里长城已经差不多完工了。倘论工程的规模和艰巨，长城远在金字塔之上。然而中国人造长城，似乎从未有外星人插手之说。两千多年前的中国人能在崇山峻岭间奇迹般地造出一条巨龙般的长城，玛雅人就为什么不能在平地上垒起这些金字塔呢？再看那些神殿和石窟，以现代人的眼光来看，实在算不得什么非凡的建筑。除了奇青伊特萨的埃利卡斯蒂略金字塔，以及离金字塔不远的一座只留下残桩的"千柱殿"，我见到的最为壮观的，是乌斯玛尔的玛雅建筑群。五六座金字塔遥相对峙着，金字塔之间是一个占地数千平方米的露天大神庙，神庙正面有一个大平台，平台阶梯上还保留着玛雅大祭司的坐椅。露天广场四周的围墙也完好地保存着。使人们感兴趣的是围墙表面的浮雕，除了龇牙咧嘴的羽蛇头像，还有不少形态各异的人像，一条逶迤腾挪的长蛇在几十米长的高墙上作翔舞之状。假如不是千年风雨的剥蚀，这浮雕也许更动人壮观。平心而论，玛雅人的建筑虽然颇为可观，然而在古代人类留下的建筑中恐怕不能算是最宏伟最出色的。玛雅人的雕塑和浮雕的风格有点像柬埔寨和缅甸古庙中的石雕，然而和吴哥古窟相比的话，它们就略逊一筹了。

我想，这所有的一切，还是不要归功于谁也未曾见过的外星人为好，古代玛雅人完全可能凭自己的智慧和力量创造它们。从那些大大小小的留着斧凿痕迹的石块上，还能依稀看到玛雅人当年挥汗劳作的印记。我的结论是：这一切，无疑是人类的创造！

玛雅人，你们在哪里？

玛雅人曾经两次神秘地从他们的世界中消失。

第一次是在公元600年，玛雅人突然抛弃了他们的家园，抛弃了他们花费无数代人的精力建造的城市、金字塔和神殿，整个民族向北方迁移，在尤卡坦以北两百多公里的原野上重新建立了他们的部落。他们在建筑和艺术上的创造再也没有超出他们的先人。这次大规模迁徙的原因究竟是什么，许多年来一直众说纷纭。有的说是遭到了外族的侵略，有的说是受到了冥冥之中的神灵的指示……然而没有一种说法雄辩得足以使所有人信服，于是不断有新的臆测出现。中国作家代表团到尤卡坦时是11月份，在中国正是秋高气爽的季节，然而这里却依然酷暑逼人，气温在38℃上下，只穿一件衬衫还热得直喘气。一次在探讨玛雅人迁徙的原因时，我们的团长王元化一边擦汗一边笑着说："我看，玛雅人大概是无法忍受这里干热的气候，所以才逃跑的。"虽然是脱口而出的想法，却不失为很有见地的一说。墨西哥向导耸着肩膀，连声说："有可能，有可能。"

相比之下，玛雅人第二次失踪就更不可思议了。那是在 16 世纪中叶，西班牙殖民者入侵墨西哥后，视玛雅人为魔鬼，烧杀掳掠，残酷无情，大有将玛雅人赶尽杀绝之势。玛雅人的典籍史料，都被投入烈火。还没有来得及等侵略者把屠刀架到所有人的脖子上，玛雅人突然一下子全部失踪了，人们再也无法找到他们的踪迹。于是玛雅人又为世界留下一个神奇的大谜。玛雅人究竟到哪里去了呢？猜测就更缤纷离奇了。有人认为玛雅人曾在尤卡坦的密林中修建了巨大的地道，在民族危难的时刻，他们全体潜入地道，开始过一种与世隔绝的地下生活，再也不理会人世间的喧嚣和血腥残杀。另一种说法更加玄奇：玛雅人本是外星人的后裔，他们的祖先远古时代曾生活在大西洋中的大西岛上，后来大西岛在一次火山爆发中沉入海底，玛雅人便迁居到中南美洲。据说玛雅人的脸型也极为奇特，他们的鼻梁从额头伸出，将脸一劈两半，所以被称为"直鼻人"，地球上的人类是不会有如此长相的。既然人类无法容纳他们，无法接受他们的文化，那他们只有向地球告辞了。在一个没有星月的黑夜，一艘巨大的飞船从天外降落，全体玛雅人登船而去，飞入茫茫太空……还有一种说法：玛雅人怀着对人类的仇恨，潜入百慕大三角区的大洋深处，建立了人类无法抵达的海底王国。那些在百慕大海域神秘地沉没失踪的舰船，就是玛雅人对人类的报复……

这些传说近乎神话，然而人们宁信其真而不愿知其假。这样一来，可以保留一种神秘感，在玛雅地区访古时，可以产生更多的幻想。初到尤卡坦时，我的心里也充满了这种神秘感。

到尤卡坦的头一天，那位墨西哥向导便使我们大吃一惊。在宾馆安顿下住宿后，向导亲自开车带我们直奔奇青伊特萨。车行至中途，突然停在了一个用木栅栏围着的院子门口。

"现在，请你们参观一个玛雅人的家庭。"向导为我们打开了车门，不动声色地说。

玛雅人！他们不是已从地球上绝迹了吗？向导对我们的惊讶不以为然，只是笑着摇了摇头："不，玛雅人仍然生活在自己的土地上。"这时，一群孩子叫着奔过来，围在汽车四周惊奇地看着我们。这些孩子肤色黝黑，大脑袋，圆脸盘，黑头发，眼睛又黑又亮，模样有点像黄种人。这和传说中的"直鼻人"完全是两码事。这家玛雅人的男主人不在家，只有一位老太太和一个怀抱婴儿的少妇，两个人都属矮胖型，身高不过 1.4 米。她们很友好地引我们参观了她们的庭院和住宅：简朴的草屋、深深的水井、在院子里悠闲踱步的猪和火鸡，一派古朴宁静的乡村气息。看来，玛雅人还保留着从前的生活方式。不过，在一间茅屋里，我发现一台日本产的洗衣机，这使古老的玛雅庭院中掺进了几分现代气息。

根据墨西哥向导的介绍，我很快便能从人群里一眼认出其中的玛雅人来。他们的特征很明显：矮个儿、大脑袋，胖者居多。在旅游点兜售工艺品的小摊前有玛雅人，在一些手工作坊里也有玛雅人。然而我依然心存疑云：他们到底是不是真正的玛雅人？会不会为了招徕游客，把一些印第安人说成玛雅人？

在乌斯玛尔，我看到一个正在兜售披肩的小伙子。看模样，一准是玛雅人。我忍不住问他："请问，你是不是玛雅人？"那小伙子愣了一愣，呆呆地瞅了我老半天，目光中流露出一种惊奇。直到最后，他没有直接回答我的提问，只是惊奇地注视着我。

一个找到了依据的假说

还在离开墨西哥城去尤卡坦之前，我曾听到一个很有意思的信息。

那是在墨西哥作家协会为中国作家代表团举行的欢迎宴会上，我和两位墨西哥作家正谈着玛雅人的起源和去向，坐在我对面的墨西哥国会议员、语言学家拉莫斯先生突然插了进来，他那眉飞色舞的叙述吸引了在座的所有人："前不久，有人在玛雅地区挖掘到一件非常奇怪的东西，它看上去像一根铁针，肯定是经人工打磨而成。据考古学家分析，这是一千多年前的产物，可谁也弄不清这是什么。有一次，人们在无意中把它放在一块玻璃上，那小铁针竟转动起来。人们这才发现，它原来是一根指北针。这发现使历史学家和考古学家们大为困惑，一千多年前，玛雅人根本没有铁器，更没有指北针。当时的世界上，只有中国人有指北针！在墨西哥，早就有这样的传说——墨西哥人的祖先来自亚洲，来自中国。这新出土的指北针又为这种传说增加了一条依据。"

拉莫斯先生提供的信息引起我极大的兴趣。我知道，这不过是一种缥缈的传说，其可靠程度犹如空中游丝，经不住微风一掠。然而既有此一说，作为一个中国人，我当然特别留意这方面的情况了。

在尤卡坦的省会美利达市，我们参观了一个博物馆，这大概是世界上最丰富的玛雅展览馆，里面所有的陈列品都和玛雅人有关。这使我有机会将玛雅人的风俗、文化和中国人做一番比较。

从地下出土的遗骨向现代人显示了古代玛雅人的容貌。所谓"直鼻人"，纯属臆造。古代玛雅人有一种很奇怪的风俗，即以变形为美，他们用夹板固定在婴儿的脑袋上，直至把婴儿圆滚滚的小脑袋夹成三角形为止。他们认为三角形的脑袋要比未变形的脑袋来得美，这是贵族和美男子的标志。人们想方设法来变形，譬如在脸上刺花，在牙齿上镶玉，甚至把正常的眼睛改造成"斗鸡眼"。越是身份高贵的，变形得越是厉害。那些显赫的大祭司，想必一个个都是三角脑袋斗鸡眼，如果转世在今日，只能是十足的丑八怪。这种习俗使我联想起从前中国妇女的裹足，想起传说中的那些文身者，这大概也是一种以变形为美。

倘论长相，玛雅人黄皮肤黑头发，只是个子更矮，脑袋特别大。他们的肤色和外形，和中国的藏族人极为接近。中国驻墨西哥大使馆陪同我们访问的一位同志告诉我，前几年中国一个代表团访问墨西哥时到了尤卡坦，代表团中有一位藏族妇女，当代表团进入玛雅人的居住地时，她竟惊叫起来："啊，这不是到了西藏啦！"玛雅人的长相以及他们的生活环境和藏族人是如此相近，以致那位藏族妇女常常忘记自己是身在异域。于是有人提议作这样的试验：让她不用翻译单独和玛雅人交谈，看会不会产生什么奇迹。奇迹当然没有发生，玛雅语和藏语并不是一回事，然而有些古老的单词的发音却颇为接近，譬如：水、太阳、树，等等。其中是否有什么联系，谁也无法说清楚。

玛雅人崇拜众神，他们的神名目繁多，有玉米神、智慧神、死神、生殖神、自杀神、太阳神、月亮神，当然还有最重要的羽蛇神，也就是水神。他们的羽蛇神不时使我想起我们的海龙王，两者是那么相像，而且所司职能也基本相同。玛雅人的祭神方法和古代中国的某些做法也相近，譬如他们用童男童女祭祀羽蛇神，中国古代也有用童男童女祭神的，还有把年轻女子投入水中为河伯娶亲的。两者的做法如出一辙，同样残酷而又愚蠢。

玛雅人的文字为象形文字，有点像中国的甲骨文。在博物馆里，我见到一张图表，上面将玛雅文字和世界其他地区的古代象形文字做了比较。相比之下，我们的甲骨文比玛雅文简洁得多，而玛雅文简直就是一幅布满各种复杂线条的图案画，要临摹它们也非常困难。作为学者的王元化因此产生了疑问："这究竟是文字，还是其他什么符号？"假如这些真是文字的话，那只能是一种极其烦琐的、不可能推广的奇文，和我们的汉字不能同日而语。

玛雅人的语言多为单音节字，和汉语相似。

玛雅人爱吃猪肉，几乎家家户户养猪，这又类似中国人的习俗。

……

我知道，要想使那个天方夜谭似的假说成立的话，以上这些依据实在微不足道，所以这种假说还只是天方夜谭。我想，把这假说看作墨西哥人民对中国人民信赖和友情的一种依据，那大概不是牵强附会的。

离开尤卡坦时，我透过飞机舷窗久久向下凝望着，玛雅人的丛林像一片墨绿色的绒毯覆盖着大地。这丛林留给我的印象是纷繁多彩的，然而其中的神秘色彩已经不是那么浓厚了。在这一片墨绿色的丛林里，曾经有一个了不起的民族用智慧和血汗创造出许多奇迹，他们是人类大家庭中一个极有个性的成员，他们的后代将永远在那里生息繁衍……

1985 年 11 月记于墨西哥

1986 年 4 月写于上海

多洛雷斯公墓

多洛雷斯公墓被海洋一般的鲜花包围着。

我们的汽车沿着公墓的围墙开了一小段，那些一个紧接着一个排在围墙下的鲜花摊已经看得我眼花缭乱。白色、黄色的瓜叶菊和康乃馨组成了鲜花素洁的基调，也有鲜红的玫瑰和雪青的紫罗兰点缀其中，使花的色彩变得缤纷耀眼。卖花的人们沿街叫喊着，有男人，有妇女，有孩子。一个肤色黝黑满脸是笑的小姑娘举着一束瓜叶菊，向我们的汽车拼命挥手，嘴里大声喊着："先生，要一束鲜花吧！要一束鲜花吧！"

　　鲜花，是为墓地中的死者们准备的。每年 11 月初的"鬼节"前后，花贩们在这里便有生意可做了。我们到墨西哥城正好赶上"鬼节"，主人安排我们参观公墓，就是为了让我们感受一下节日的盛况。墨西哥的"鬼节'类似中国的清明节，是为长眠在地下的人们设置的一个节日。一位墨西哥作家告诉我，在墨西哥，"鬼节"是一个欢乐的节日。人们为死者们庆祝自有他们的道理——血肉之躯告别了人世，但灵魂不会消灭，他们在另一个世界继续生活着，继续爱着、恨着、欢乐着、痛苦着。生者和死者在本质上没有什么区别。既然属于生者的节日多以歌声和笑声构成，属于死者的节日为什么要悲悲戚戚呢？

　　早晨举行的"鬼节"庆典早已结束，公墓里人极少。越往里走越寂静，只听见风吹梧桐树叶的沙沙声时起时伏，不知名的雀儿躲在树荫里鸣叫，还有就是我们的脚步声。水泥道两边是墓地。大理石的墓碑，镏金的铭文，形形色色的十字架，覆盖着墓穴的石板平滑如镜，供放在墓地上的花束依然新鲜艳丽，花瓣上的水珠还晶莹地闪动着。这些墓地都是属于墨西哥城的富人们的，墓地装饰的华丽和占据的位置都表明了墓主人的富有。有的墓穴被设计成了微型的大厦和别墅，这些也许都是死者生前拥有的财产的模型。这样的墓穴尽管精致，但有些俗气，似乎破坏了墓地中肃穆庄严的气氛。有几座墓砌得像小小教堂，其中还有耶稣受难的像，设计者的用意不知为何，让死者永远抬着一座教堂，未免太沉重了。

"前面，是墨西哥著名杰出人物的墓地。"墨西哥向导轻轻地告诉我们。

墓地豁然开阔，我们走进了一个圆形的广场，广场周围排列着各式各样的墓。几乎每一个墓地上都有雕塑，而且雕得千姿百态，风格迥异，没有一个墓是重复的。政治家和军队将领的墓前总有一尊青铜的或者大理石的塑像，有胸像也有全身像。他们大多蹙着眉峰，用一种庄严的目光正视着前方，表情中带着忧

132

虑和沉思，仿佛正准备向每一个前来墓地的人们讲述墨西哥的历史，讲述他们在历史舞台上留下的种种功绩。然而更加吸引我的，是作家和艺术家们的墓。在这个圆形墓场上，作家和艺术家的人数远远超过政府首脑和军队将领，占据了这片墓地的大部分。而且，和文化人的墓比较的话，政治家们的墓便相形失色了。

我在这些著名的墨西哥文化人墓前久久地伫立。他们的墓吸引了我的目光。

"阿塞·戈罗斯蒂萨，诗人，1901年—1973年"，黑色的大理石墓碑上，镌刻着这样简单的一行文字。诗人漫长曲折的一生，就浓缩在这样短短的几个字里，像一行含意无穷的诗。文字的上方，是诗人脸部的浮雕，也是黑色的大理石，和墓碑浑然一体。诗人目光低垂，一绺鬈发披落额前，棱角分明的嘴微张着，似在喃喃低吟。这是一种经历痛苦而后漠然的神态。熟悉并热爱他的读者，也许能在这浮雕前听到他正用低沉的声音吟诵他的名篇《没有终极的死亡》……墓碑右侧，雕着一只瘦而有力的手，这是诗人握笔写诗的手。此刻，这手中插着一朵刚刚绽开的淡黄色康乃馨……

最壮观的是一位雕塑家的墓。他生前创作的雕像成群结队地环绕在他的墓穴周围，墓地成了他的作品展览场。他的生命，已经凝注在这些大理石雕像中。

最动人的是一位小说家的墓。一本用白色大理石雕刻成的书翻开着放在他的墓穴上。墓碑下侧有一尊雪白的雕像—— 一位年轻美貌的夫人坐卧在地，她仰起头凝视着墓碑上死者的名字。一只手向上抬起，似欲抚摸他的名字，那夫人脸上的表情和她那颓坐于地却挣扎着向上的姿态，都表现出令人心颤的哀伤和悲痛。有这样一位哀痛欲绝的女性时时刻刻陪伴着，墓穴的死者倘若有知，恐怕不会安心独自飘游天国的。这雕塑使我想起音乐家舒曼墓碑前的克拉拉之像，深爱着舒曼的克拉拉也是这样凝视着舒曼，这雕像使人想起他们的生死之恋，也使人联想起爱情带给人类的种种欢乐和痛苦。也许，这位小说家生前也有舒曼和克拉拉一样的爱情经历，他的消逝使一位女性的心灵永远坠入黑暗之中……也许一切都普普通通，只是因为一位雕塑家别出心裁的设计和创造，人们才产生了许多幻想……

最使我感兴趣的是两位大壁画家的墓，西盖罗斯和迪格·里维拉。这两位生前曾引起全世界注目的壁画家，把毕生的心血都献给了墨西哥的壁画事业。墨西哥城能成为闻名世界的壁画之都，和他们的劳动创造是分不开的。在墨西哥城，他们生前创造的巨幅壁画还到处可以看到。

两位大壁画家的墓都非同一般。迪格·里维拉的墓极为简朴，没有磨光的大理石墓碑，没有墓志铭，也没有精致的墓穴，只有一堵粗糙的深褐色的石墙耸立在墓地上。墙根便是泥土，青草从墓地蹿出，默默地依偎着石墙。这奇特的墓和两边那些豪华的墓形成极为鲜明的对照。面对着这堵粗糙的石墙，人们的联想是深沉的，而且情不自禁地产生一种强烈的欲望，想了解长眠在这堵墙底下的大画家，他究竟是怎样一个人？西盖罗斯也与众不同。他的墓地上同样看不到墓碑和墓穴，只见一尊形状奇异的雕像，像一柱彩色的喷泉从墓地喷涌升空，也像一缕云雾袅袅升起，在墓地上空扩展开。在扩展开的云团中，有一个似人非人、似鸟非鸟的飞行物，正居高临下地俯视着地面。这形象如同传说中的神怪，如同幻想中的外星人，但看起来并不陌生，在西盖罗斯的壁画中，人们常能见到类似的形象，连那种黑红相间的火焰般的色彩，也是西盖罗斯的壁画所特有的。这雕塑既象征画家那岩浆喷涌般的激情和才华，也高度概括了他的艺术风格。

多洛雷斯公墓以它的寂静迎接我们，也以它的寂静送走我们。很难想象"鬼节"的盛大庆典如何在这里举行。以歌声和笑声来打破墓地的静谧，似乎不合情理。但想到此刻自己是身在地球的另一边，以中国人的习惯来衡量这一切，恐怕也是不合情理的。

走出多洛雷斯公墓，我们四个中国作家由衷地发出了相同的感慨。感慨之一，是墓地的壮观和墓饰的丰富，参观公墓竟如同参加艺术博览会。感慨之二，是墨西哥文化人的地位，能在墓地中与那些显赫的政界军界首脑比肩而立，而且在数量和规模上都超过后者，发人深省。在中国，似乎还没有这种传统。听着我们的感慨，中国作家代表团团长王元化微笑着背诵出鲁迅引刘勰语而发的议论来："'将相以位隆特达，文士以职卑多诮，此江河所以腾涌，涓流所以寸折者。'东方恶习，尽此数言。"

在我们默默品味着鲁迅先生的这段话时，汽车已载着我们远离了静静的多洛雷斯公墓……

1986 年 5 月

蓝色的抚仙湖

　　云南多云，多山，也多湖。在外地人心目中，云南名气最大的湖，首推滇池，其次是洱海。抚仙湖，有多少人知道？

　　在云南地图上，那些蓝色的不规则状的翡翠，就是湖泊。我找到了抚仙湖，它在玉溪界内，离昆明不算远。论大小，还不如滇池。云南的朋友告诉我，抚仙湖的储水量，抵得上十个滇池，也抵得上十个洱海。这颇令我吃惊。

　　陈建功去过抚仙湖。在昆明聚会时，他邀我同去玉溪。他告诉我，玉溪的抚仙湖，是个极美的高山湖，

138

值得一游。那天早晨，我们坐车从昆明到玉溪，才一个多小时，便到了抚仙湖畔。

从山道上远观抚仙湖，景象就很奇妙。蓝色的湖水在天地间漾动，蓝天和白云倒映在湖水中，碧波浩渺，一直荡漾到天边。天边是青灰色的群山，浮动在飘忽的云雾里。碧蓝的湖水，连着远山，连着天上的云雾，让人产生遥远的遐想。这使我想起欧洲的奥赫里德湖，去年访问马其顿，我在奥赫里德湖畔住了好几天，奥赫里德湖在马其顿和阿尔巴尼亚之间，也是一个高原湖泊，碧水连天，也是群山环绕。马其顿人把奥赫里德湖当海，湖滩便是他们的海滩。和奥赫里德湖相比，抚仙湖畔的云霞更为飘逸，因为这是云南的湖啊。听说玉溪人也把抚仙湖看成他们的海，这里还有"黄金海岸"呢。

走近抚仙湖，才发现湖水的清澈。这是绿中泛蓝的深沉之水，浪涛拍岸发出的声响，有海的气息。仔细谛视湖水，但见澄澈见底，临岸湖底的景象，漂动的水草，晶莹的沙石，穿梭而过的鱼，全都清晰可见。湖波荡漾，犹如一大块透明的蓝水晶在阳光下微微晃动。目光所及，也只能是岸畔十数米的湖水而已。再往远处看，便是一片幽蓝，一片光斑炫目。如在湖中行船，绝对看不见湖底，因为，湖水极深，最深处有一百多米，是国内最深的淡水湖。湖底，是个神秘的世界。前不久，有人在抚仙湖底发现一个古城遗迹，古滇国的一个城池，囫囵地沉到了湖底，不知何年何月下水，也不明为何原因沉落，是一个千古之谜。考古学家曾下湖打捞古城遗物，中央电视台还做过现场直播，举世瞩目。湖底发现了两千年前的石雕，据说石头上雕刻着神秘的人脸，石像在深水底下微阖着眼睛，凝视湖面上的天光，期待有人来和他们对话……然而湖水太深，年代太久，要解开埋藏湖底的远古之谜，仍需要耐心和时间。这样的谜，和尼斯湖的湖怪不一样，湖怪也许永远不现身，成为真正的不解之谜，而抚仙湖湖底的谜语，总会有解开的一天。

一个埋藏着千古之谜的清澈幽深的湖，当然是一个撩人思怀的神奇之湖。

湖岸曲曲折折，湖畔只要是平地，便见花树繁茂，都是风景宜人的湖滨花园。湖边有不少石头砌起的沟渠，沟渠和湖之间有木闸隔断，沟渠中有式样古老的木头水车，用脚踩动水车，能将沟渠中的水往湖里抽。这些沟渠，看来都是人工所为。玉溪的朋友告诉我们，这是"鱼洞"，是专门为捕鱼而设。抚仙湖中特产一种小鱼，名为抗浪鱼，味极鲜美。抗浪鱼有逆水前行的习惯，当地捕鱼人便想出独特的捕鱼方法，开鱼洞，用水车往湖里车水，在鱼洞口形成水流，湖里的抗浪鱼便会迎着水流游过来，逆水游向鱼洞口，无一遗漏，全都游进设在洞口的鱼篓或渔网中。以前湖里盛产抗浪鱼，后来因为水质受污染，湖里的抗浪鱼居然不见了踪影。现在，经过玉溪人多年的治理，湖水已经恢复了当年的清澈和纯净，抗浪鱼又逐渐多起来。

经过一个面积稍大的鱼洞时，有人惊呼："快看，抗浪鱼！"

我们在鱼洞边停留，清澈的水面上波光闪烁，水中，有数十条小鱼轻盈游动，随着波光的闪动，精灵一般忽隐忽现，看不清它们的真实形状。抗浪鱼，在我的记忆中留下了神秘的印象。

那天中午，在湖畔的一家农民开的饭店吃饭。吃的是铜锅煮鱼和洋芋焖饭，是当地的农家饭。大铜锅里，鱼汤鲜美，土豆和米饭混合成特殊的清香，在风中飘荡。坐在湖畔享用着天然的美食，看蓝色的湖波在绿树的枝叶间隙中闪动，这也是难以忘怀的经历。

距离抚仙湖不远的澄江县城中，有一个青铜博物馆。博物馆中陈列的青铜器，都是抚仙湖畔古滇国的遗物。这是中国唯一的县级青铜器博物馆。博物馆门口，有一尊巨大的青铜雕塑，雕的是闻名天下的牛虎铜案。牛虎铜案，是古滇国人留给世人的绝妙创造。一头大牛，腹部藏着一头小牛。牛的尾部，攀爬着一头猛虎。

两头牛，一头虎，组合成一个整体，巧妙地表现了大自然的多彩和生命的多姿。

博物馆不算大，但馆中藏品的丰富和精美，让人吃惊。古滇国的青铜器，不仅有各种日用器皿、生产工具和武器，更多的是雕有动物和人物图像的祭祀用品和装饰品，青铜塑造的人物和动物，历经千年，依然线条流畅，形体生动。青铜塑造的动物，除了牛和虎，也有狗、猪、羊、鹿、鸡、蛇，还有飞鸟。在展品中，我发现，一个小小的青铜扣饰上，竟铸造出六七个人物和动物，人物有鼻子有眼，能辨认出他们欢悦的表情，动物也是形态活泼，造型生动。由此可以窥见古滇国人的智慧，可以见证古滇国经济、文化和艺术的发达。人类的文明，很早就开始在抚仙湖畔生根长叶繁衍，开出绚烂的花朵。

在抚仙湖畔住了两夜，我欣赏到它晨昏时分朦胧的美景，也看到了它在月光下的银波闪动。抚仙湖水那天空一般深邃的蓝色，让人沉静，也让人浮想联翩。漾动的蓝色涟漪，可以把人引向无限遥远的年代。

离开抚仙湖之前，我和陈建功来到离湖岸不到六公里的帽天山国家地质公园。帽天山，其实只是一个小小的山包，却是一座闻名天下的山。二十年前，中国的古生物学家在这座山上发现了大量五亿多年前的海洋生物化石，被世人惊叹为"20世纪最惊人的科学发现之一"。在海洋生物化石陈列馆中，我看到了那些奇妙的化石，虽然历经五亿多年，但它们的身形依然清晰地保留在淡黄色的石片上，千姿百态，如同印象派大师的画。画家们根据这些化石，在彩色的画面上复原了远古海底生物的形象，深蓝色的海水中，色彩纷呈的生灵们优雅地漂游翔舞，展示着千奇百怪的姿态，这些形象，现代人难以想象，是化石把它们带到了今天。

亿万年前，这里曾是浩瀚大洋，幽深的海底，新的生命如花一般萌发衍生，自由翔舞，如今天地间的生灵，无不起始于当年那些在海底游动的生命。这是何等神奇的事情。远古海洋的蓝色，和现在我看到的抚仙湖水的蓝色，似乎是同一种蓝色，同样的清澈，同样的深沉，同样的水天一色……在思绪飘飞的一瞬间，亿万年的岁月竟在这蓝色中悄然融合。

2006 年 6 月 22 日于四步斋

火焰山和葡萄沟

山是红色的，是火的颜色。仿佛刚刚有一场大火烧过，山上的草草木木被烧得荡然无存，只剩下光秃秃的沙土和岩石。大火余温尚在，起伏的群山依然在喷吐着热气，远远望去，真像是一朵一朵晃动的火苗……

这就是吐鲁番盆地中的火焰山！吴承恩在《西游记》中描绘的火焰山，就是它们。想到《西游记》，这山就更加使人觉得神秘莫测了。你看，那不算太高的峭壁上，密密麻麻地布满了黑黢黢的大大小小的洞窟。洞的形状千奇百怪，像无数神秘的眼睛，不怀好意地窥视着这个火烧火燎的世界。然而你不用担心，这些奇形怪状的洞中，绝不可能钻出牛魔王之类的鬼怪——它们是风的杰作。这里常常狂风大作，风真不愧为一位雕刻大师，竟在峭壁上镂出这些奇洞来。

这里，看不到一点儿生命的色彩。在大火的余烬中，怎么可能有生命存在呢！真的，你找吧，在这光秃秃的山上，不要说绿树青草，即便是指甲大一片暗绿色的地衣，你也无法找到。只有红褐色的沙土，只有烫人的石头，只有无法躲避无法驱赶的火辣辣的太阳光。你想想，深蓝色的天幕下，沉默着一片火红的山峦和荒野，那景象是何等的奇异。你会想起火星，想起月亮，想起那些没有生命的星球。唐僧当年西行取经路过这里，究竟是怎么过去的呢？当他经历了九死一生，穿越过茫茫无边的大沙漠和大戈壁，步履艰难地走进吐鲁番盆地，还没有来得及抖落满身风尘，还没有来得及驱除饥渴和疲乏，又突然迎面撞见这样一脉可怖的荒山，他将会何等沮丧，他怎么走过去的呢？当然没有神通广大的孙悟空为他开路，也没有法力无边的铁扇公主，借他一把神奇的芭蕉扇，只要轻轻一扇，就把这里扇成了清凉世界……

远远眺望着火焰山，我这个风尘仆仆的江南客不禁深深地感慨起来。也许在江南待得太久了，看惯了绿的颜色——绿的山，绿的水，绿的田野……仿佛这世界就应该由水灵灵的绿色组成。想不到，在同一块土地上，竟也会有如此惊人的荒芜和贫瘠。大自然的面目，并非总是温情脉脉，总是充满了生机盎然的微笑，它也有严酷无情的一面——这火焰山便是明证。这里，恐怕很难有什么生命能够怡然生存。

火焰山并不是我的目的地，我要去葡萄沟。据说这是一条十多里长的绿色长廊，是中国最大的葡萄园。因为有了葡萄沟，干燥炎热的吐鲁番才改变了它的形象。然而很难把火焰山和葡萄沟联想到一起，这条绿色长廊，一定是在远离火焰山的地方。小吉普车在一无遮掩的柏油公路上飞驰。路面被太阳晒得软化了，乌黑的沥青反射出耀眼的光亮，并且冒着青烟。年轻的司机却不慌不忙握着方向盘，一脸轻松的微笑。"到葡萄沟了。"他突然回过头，打断了我的遐想。

一片浓浓的绿色，奇迹般地在前方冒出来。我的眼睛一亮，心里却蓦然一惊：这葡萄沟，竟然紧挨着火焰山！

汽车很快就穿行于绿荫之中了。两行高大挺拔的钻天杨，整齐地排列在公路边，路的两侧，就是葡萄园了。沿路的葡萄架下，一些维吾尔族老人席地而坐，在那里悠闲地喝茶、吸烟、聊天。孩子们欢叫着在路边游戏，见到有车来，便笑着向路上挥手，我想，倘若车停下来，他们准会无拘无束地一拥而上的。茂密的葡萄园中，衣着鲜艳的维吾尔族少女正在摘葡萄，红的、蓝的、黄的、白的、雪青的，五彩斑斓的头巾和长裙在翠绿的葡萄藤叶中闪动，使人想起在微风中摇曳的花儿，想起在绿荫中翩跹的彩蝶。葡萄园边那些高高的土墩上，有不少用泥砖垒起的玲珑剔透、四面通风的屋子，这是用来晾葡萄干的晾房。有人在葡萄园中唱歌，那是一个清亮的男高音，歌声热烈而奔放。我虽然听不懂歌词，但歌声所表达的情绪我是完全能体会的，那是一种昂扬的欢乐，是一种无法抑制的自豪……

在寸草不生、热浪蒸腾的火焰山下，居然真有一个美好的清凉世界！当我置身在果实累累的葡萄架下，呼吸着湿润清凉的空气，品尝着甜蜜芬芳的葡萄，顿时浑身轻松，说不出的舒爽，仿佛一条被人抛到岸上的鱼儿又回到了水中。这里是一个绿的世界。茂密的葡萄藤叶组成了绿的墙，绿的顶；在葡萄架下流动的微风、从藤叶缝隙中钻进来的斑斑点点的阳光，仿佛都是绿的。更令人惊奇的还是葡萄，那么多的葡萄，我还是头一次看到，就像无数绿色的翡翠和紫色的玛瑙，密密麻麻地挤在藤叶之间，只要伸出手，便能沉甸甸地摘下一大串。这里的葡萄品种多，有马奶子、沙巴珍珠、新疆红、玫瑰香，以及许多我无法记下的名字。这十几里地的葡萄沟，也许是世界上最甜蜜的一条山沟了！

我们在葡萄架下席地而坐。一位名叫库尔班江的维吾尔族小伙子，端来一大盘葡萄，他把葡萄放在我们面前，笑着说："吃吧，这是无核白葡萄，最好的新品种。"这葡萄呈透明的淡绿色，颗儿不大，然而一串就有一斤多，放在盘子里，就像一大捧亮晶晶的绿珍珠，使人不忍心往嘴里送。我试着吃了几颗，果然极甜，没有一点儿酸味，而且无核，一咬，就是一口凉丝丝的蜜。库尔班江见我们吃得香甜，脸上流露出几分得意的神色。他在我们身边坐下来，一边热情地劝我们吃，一边兴致勃勃地谈了起来："这葡萄，装进箱子，运到乌鲁木齐，运到北京、上海，运到香港……全世界都喜欢吃我们吐鲁番的葡萄呢！"库尔班江告诉我，吐鲁番人种葡萄，已经有悠久的历史，早在一千多年前，这里就有了葡萄架。葡萄，是吐鲁番人的命根子。别看夏季火焰山下酷暑难熬，太阳底下能晒熟鸡蛋，到冬天，这里也冷得出奇，温度常常低到零下几十度。所以在入冬之前，人们必须把葡萄藤全部埋到泥土下，直到第二年天气转暖，才将土中的藤挖出，再搁到葡萄架上。人们的希望，将随着这满谷满沟的葡萄藤发芽、长叶、开花、结果。吐鲁番人的幸福、欢乐、爱情，几乎都和葡萄连在一起……

说着说着，库尔班江唱了起来，这是一首热情而又优美的歌。坐在一旁的司机轻轻地把歌词译了出来：

天上的星星落到了吐鲁番，

海里的珍珠飞到了吐鲁番，

葡萄熟了，

葡萄熟了，

你看风中飘着芬芳，

你听歌里流着蜜糖，

……

在库尔班江的歌声里，我突然又想起了唐僧，看来，刚才我是白白地为他担忧了。在火焰山下，不会渴了他，也不会饿了他，这里的人们一定会热情地款待他的。我甚至能够想象，在这里，他是如何脱下风尘仆仆的红色袈裟，如何在葡萄的绿荫下舒展疲乏的肢体，美美地嚼着香甜的葡萄，那甜津津的汁水，滋润着他干裂的嘴唇……在葡萄的主人们的帮助下，他是不愁翻不过火焰山的！据说，在离葡萄沟不远的地方，还留着唐僧当年的拴马桩呢。

我走到葡萄园的尽头，挡住去路的，是一堵黄褐色的绝壁。哦，这就是火焰山了，沿着峭壁上去，便能看到世界上最荒凉的情景！然而山脚下却是铺天盖地的绿色，是水灵灵的生命的颜色。火焰山和葡萄沟，似乎是两个决然对立的形象，一个是荒芜，是严酷，是绝无生命气息的秃山；一个是富庶，是葱翠，是生机勃勃的花果之乡。是谁，把这两者不可思议地安排在一起的呢？是大自然的鬼斧神工，还是冥冥之中的万物主宰？当然不是！从库尔班江自豪的笑容里，从葡萄园中四处飘来的歌声里，从峭壁下那条淙淙奔流的清泉中，我能找到答案——是人，是吐鲁番人，在严酷的自然环境中创造了奇迹。是他们，从遥远的雪山上引来了清凉的生命之水，在寸草不生的荒山之下，开拓出一片美丽的绿洲，在烈日炎炎的旱暑之中，收获着最甜蜜的果实。我突然觉得，即使不用翻译，我也能听懂他们的歌了，歌声中那种昂扬的欢乐和难以抑制的自豪，在我心中产生了强烈的共鸣……

是的，生命是不可战胜的。顽强的、善于创造的生命能够改变一切。只有人类，才是大自然的主宰。这些，也许就是火焰山和葡萄沟给我的启示。

1983 年 9 月，吐鲁番—上海

天马山三古成绝

　　天目山如同一部曲折委婉的交响诗，自西南而东北，在浙汇大地上蜿蜒回荡，它的尾声，却在松江。松江大大小小有十余座山，它们是天目山的余脉。

　　在松江的山中，最有名的是佘山，很多人只闻松江有佘山，不知周围还有其他山。其实，佘山并不是松江诸山之冠，最高的山是天马山。听说天马山上有神秘景象，比如斜塔和佛光。斜塔倾斜的程度超过比萨斜塔，佛光可与峨眉和黄山相提并论。晨昏时分，塔后会显现七彩光环，如遇雾天，云霭中会出现无数塔影环绕斜塔，古称"百塔来朝"，当地人因而认此塔为塔中王者，历来心怀虔敬。

那天登天马山，已是午后日西时，进山门拾级向上，走过一片树林，便看到了山坡上的斜塔。那形象如同一个衣衫古旧的老人，背对夕阳倾侧着身子，仿佛马上就要扑倒在地，然而却不可思议地定格在倾倒的过程中。走近斜塔，呈现在眼前的景象令我吃惊，塔座西北角被挖去了一大块，塔基残缺四分之一，倾斜的古塔看上去立足不稳，摇摇欲坠，似乎大风吹来便可能倒塌。斜塔原名护珠宝光塔，建于宋代，距今八百余年，年龄比比萨斜塔还老。这座塔当初并不斜，倾斜的原因也是人祸。清乾隆三十五年，在天马山赶庙会的人放鞭炮引起大火，塔上所有可燃之物都被烧成焦炭，古塔只剩下砖石骨骼。这情形如同杭州的雷峰塔。然而被烧毁的古塔没有塌，也没有歪。人们发现砌塔的砖石之间，嵌有不少唐宋古钱，于是不时有人来挖砖取钱，古塔很快被挖去一角，塔身也渐渐向东南方向倾斜。很多人都认为古塔必塌无疑，然而它却斜而不倒，任凭风吹雨打，依旧顽强地在山坡屹立。

古塔为何颓而不倒？这似乎是一个谜。当地人有一种奇妙的解释：塔不倒，是因为有佛手撑托。佛手何在？陪我登山的松江朋友江亭指着古塔侧畔的一棵古树。这是一棵银杏树，树龄和古塔相近。古树主干早已枯萎，树身开裂，虬枝百结。然而古树还活着，斑驳的树皮上，又长出青青枝叶，面向古塔一侧的树根上，蹿出几株新枝，枝头绿叶葳蕤，在微风中摇荡着生命的活力。古树的枯枝伸展在空中，确实像苍老遒劲的手臂，它们都指向古塔的方向。站在古树侧后看塔，那些枯枝恰好托住了迎面倾倒的古塔，在夕阳的映照中，古树和古塔的剪影融合为一体。

把古树比作佛手，当然是松江人的奇思妙想。而古树生绿，却也是一奇。其中有什么玄妙？松江人也不乏想象力：古银杏树一息犹存，是因为斜塔的召唤。斜塔也是一个生命体，古塔和银杏树相依为命数百年，在山坡上默默守望，互相支撑，所以一个斜而不塌，一个枯而不死。古树生生不息，还有一个原因：古塔和古树之间，有一口水井，名为上清泉，井中清泉滋润了古树，使之死而复生。这是一口凿于宋代的古井，古时寺庙僧人都从井中汲水饮用，石井栏上至今仍能看到被井绳勒出的印痕。现代人早已不再饮用井水，然而虽历经百年，井中泉水依然丰盈清澈。古井废而不竭，又是天马山上一奇。松江友人引我到井前，抚摸着井栏上古人留下的印迹，探首俯视井下，但见幽深之处水波漾动，水面倒映着斑斓天光，还有我这个寻古探奇者惊愕的表情。

松江友人告诉我，这棵银杏树下，曾是古时文人骚客的聚会之处，赵子昂、倪元璐、董其昌、陈继儒、张昭等人，都曾结伴在树荫下喝茶饮酒，面对着夕照塔影吟诗作画。如果古人醒来重游旧地，见到眼前的斜塔枯树，将会有何等的讶异和惊叹。而现代人面对这样的景象，看到的是曲折漫长的历史，感悟到的是深奥的生命哲理。

2001 年夏日于四步斋

第四辑

对于生命的思考

人生

所有的生命都有着共同的规律——经历了初生的稚嫩，进入生机勃勃的全盛，走向成熟，最后趋于委顿和衰老……

如果以一株小花作说明，那便是——萌芽，抽叶，现蕾，开出小小的花朵，吐露淡淡的幽香，花落后结籽，枯萎……

克里姆特用他的画笔把人生归结为三个阶段——幼年、青年和老年。

"幼年"，是依偎在母亲怀抱中的一个婴儿。她无忧无虑，不会为前途发愁，也不懂得痛苦的滋味。她所需要的是抚爱，是母亲的乳汁，是轻声轻气的温情的摇篮曲——就像刚出土的花草需要阳光和雨露。她是娇嫩弱小的，假如离开母亲的怀抱，她永远不可能向生命的纵深迈进一步！

"青年"，是一位搂抱着婴儿沉浸在遐想中的少妇。这是人生最美妙的阶段。她丰满健康的肌肤描绘着生命的美丽。她陶醉的姿态叙说着爱和被爱的幸福。她正在尽情地体验生命的欢欣。青春的热血在她的每一根血管中奔流，任何烦恼和挫折都不能阻止她发自内心的微笑。这个阶段，是开花的阶段，生命的鲜花灿烂地怒放在自由的空气中，阳光、风雨、阴霾、雾霭，都可以成为这鲜花的伴侣。我听见她正在深情而骄傲地向世界宣告：我已经开过一次花了！

"老年"，当然是一位老妇了。鲜艳的光彩早已离她而去。她曾经如金丝一般耀眼的秀发已经枯如粗麻。她曾经哺育了儿女们的丰满的乳房已经干瘪而无力地垂落。她曾经富有弹性的莹洁的肌肤已经松弛，老年斑犹如不祥的阴影遍布全身。那双曾经使人们羡慕的灵巧的手此刻青筋暴突，就像是老树的枝杈……这一切，都是生活留给她的痕迹，是她和命运抗争的纪念，是生命的代价。也许，只有回忆才是她仅存的珍贵财富。回忆中，有童年的天真和欢乐，有年轻时的种种激动人心的遭遇，有爱和被爱时的陶醉，有心灵和心灵的美妙对话，有生命和大自然的万般交流……回忆使她在一瞬间变得年轻。回忆也使她加速衰老——只要看见自己的老态，所有年轻时的美好往事马上变得不堪回首。她以手掩面，浑浊的老泪从指缝间滴落……她是秋风中的一片树叶，无可奈何地在枝头变枯变黄。只要有一阵强劲的寒风刮来，她就会离开枝头，飘然坠落到泥土中。这是生命的归宿。

也许，仅仅用这样三个形象来概括人生的轨迹，恐怕还过于简单。人生，这两个字内涵的纷繁和复杂，任你怎么形容也不会过分。人间辞典的容量是有限的，人生的丰富和曲折却是无限的。每个人的人生之旅都不一样，形形色色的人生经历汇总在一起，就组合成了恢宏博大的人类世界。

1990 年 1 月

日晷之影

影子在日光下移动，

轨迹如此飘忽。

是日光移动了影子，

还是影子移动了日光？

——题记

我梦见自己须髯皆白，像一个满腹经纶的哲人，开口便能吐出警世的至理格言。

我张开嘴巴，却发不出一点声音。

我走得很累，坐在路边的石头上轻轻地喘息，我的声音却在寂静中发出悠长的回响。

时间啊，你正在前方急匆匆地走，为什么我永远也无法追上你？

时间是不是一种物质？说它不是，可天地间哪一件事物与它无关？说它是，它无形无色无声，谁能描绘它的形状？

说它短促，它只是电光闪烁般的一个瞬间。然而世界上有什么事物比它更长久呢？它无穷无尽，可以一直往上追溯，也可以一直往下延续，天地间永远没有它的尽头。

说时间如流水，不错，水在大地上奔流，没有人能阻挡它奔腾向前。然而水流有干涸的时候，时间却永不停止它的前行。说时间如电光，不错，电光一闪，正是时间的一个脚步。电光闪过之后，世界便又恢复了它的沉寂和黑暗。那么，时间究竟是闪烁的电光，还是沉寂和黑暗？

我们为时间设定了很多标签：秒、分、小时、天、月、旬、年、世纪……对于人类来说，每一个标签都有特定的意义，因为，在这个时刻，发生了对于某些人具有特殊意义的事件，比如某个人诞生，某一场战争爆发，某一个时代开始……然而对于时间来说，这些标签有什么意义呢？一天、一个月、一年、一个世纪，在时间的长河中都只能是一滴水、一朵浪花、一个瞬间。

再伟大的人物，在时间面前，都会显得渺小无能。叱咤风云的时候，时间是白金，是钻石，灿烂耀眼，光芒四射。然而转瞬之间，一切都已经过去，一切都变成了历史。

根据爱因斯坦的假设，如果能以光的速度奔跑，我就能走进遥远的历史，能走进我们的祖先曾经生活过的世界。于是，我便也能以现代人的观念，改写那些已经写进人类史册的历史，为那些黑暗的年代点燃几盏光明的灯火，为那些狂热的岁月泼一点清醒的凉水。我也能想办法改变那些曾经被扭曲被冤屈的历史人物的命运，取消很多人类的悲剧。我可以阻止屈原投江，解救布鲁诺出狱，我可以使射向普希金的子弹改变方向，也能使希特勒这个罪恶的名字没有机会出现在世界上……

然而我也不得不自问，如果我改变了历史，改变了祖先们的命运，那么，这天地之间还会不会有我此刻所处的世界，还会不会有我这样一个人？

我想，我永远也不可能以光速奔跑，我的同类、我的同时代人、我的后代，大概都不可能这样奔跑。所以我不可能改变历史。而且，我并不想做一个能改变历史的好汉。爱因斯坦也一样，他再聪明伟大，也无法改变已经过去的历史。

在乡下"插队"时，有一次干活休息，我一个人躺在一棵树下，斑驳的阳光透过树叶的缝隙照在我的身上。我的目光被视野中的一条小小的青虫吸引，它正沿着一根细而软的树枝，奇怪地扭动着身体，用极慢的速度往上爬。在阳光的照射下，它的身体变得晶莹透明。可以想象，对它来说，做这样的攀登是何等艰难劳累。小青虫费了很多时间，攀登到了树枝的顶端，再也无路可走。这时，一阵风吹来，树枝摇晃了一下，小青虫被晃落在地。这可怜的小虫子，费了这么多时间和气力，却因为瞬间的微风而功亏一篑。我想，我如果是这条小青虫，此刻将会被懊丧淹没。但小青虫在地上挣扎了一会儿，又慢慢地在地上爬动起来。我想，它大概会吸取教训，再也不会上树了。我在树下睡了一觉，醒来的时候，发现那条小青虫竟然又爬到了原来那根细树枝上，它还是那样吃力地扭动着身体，慢慢地向上爬……这小青虫使我吃惊，我怎么也不明白，是什么力量使它如此顽强地爬动，是什么原因使它如此固执地追寻那条走过的路。它要爬到树枝上去干什么？然而小虫子的执着却震撼了我。这究竟是愚昧还是智慧？

这固执坚忍的小青虫使我想起了希腊神话中的西西弗斯。西西弗斯死后被打入地狱，并被罚苦役：

推石上山。西西弗斯花费九牛二虎之力，将一块巨石推到山顶，巨石只是在山顶作瞬间停留，又从原路滚落下山。西西弗斯必须追随巨石下山，重新一步一步将它推上山顶，然后巨石复又滚落，西西弗斯又得开始为之拼命……这种无效无望的艰苦劳作往复不断，永无穷尽。责令西西弗斯推石的诸神以为这是对他最严厉的惩罚。西匹弗斯无法抗拒诸神的惩罚，然而推石上山这样一件艰苦而枯燥的工作，却没有摧垮他的意志。推石上山使他痛苦，也使他因忙碌辛劳而强健。有人认为，西西弗斯的形象，正是人类生活的一种简洁生动的象征，地球上的大多数人，其实就是这样活着，日复一日，重复着大致相同的生活。那么，我们生活的世界难道就是一个地狱？当然不是。加缪认为，西西弗斯是快乐而且幸福的，他的命运属于他自己，他推石上山是他的事情。他为把巨石推上山顶所作的搏斗，本身就足以使他的心里感到充实。

西西弗斯多像那条在树枝上爬动的小青虫。将时光和精力全部耗费在无穷的往返中，耗费在意义含混的劳役里，这难道就是人生的缩影？

我当然不愿意成为那条在树枝上爬动的小青虫，也不希望成为永远推着巨石上山的西西弗斯。我只想做一个普通的人，按自己的心愿生活。可是，我常常身不由己。

人是多么奇怪，阴霾弥漫的时候盼望云开日出，盼望阳光普照大地，晴朗的日子里却常常喜欢天空飘来云彩遮住太阳。黑暗笼罩天地的时候，光明是何等珍贵，一颗星星，一堆篝火，一点豆火，都会是生命的激素，是饥渴时的面包和清泉，是死寂中美妙无比的歌声，是希望和信心。如果世界上消失了黑夜，那又会怎么样呢？那时，光明会成为诅咒的对象，诗人们会对着太阳大喊：你滚吧，还我们黑夜，还我们星星和月亮！我们的祖先早已对此深有体验，后羿射日的故事，也许不是凭空杜撰出来的。

造物主给人类一双眼睛，我们用它们看自然，看人生，用它们观察世界上发生的一切事情。我们也用它们表达情感，用它们笑，用它们哭——多么奇妙，我们的眼睛会流出晶莹的液体。

婴儿刚从母体诞生时，谁也无法阻止他们的哇哇啼哭。他们不在乎任何人的看法，放开喉咙，无拘无束，大声地哭，泪水在他们红嫩的小脸上滚动，嘹亮的哭声在天地间回荡。哭，是他们给这个迎接他们到来的世界的唯一回报。

婴儿为什么哭？是因为突然出现的光明使他们受了惊吓，是因为充满空气的世界远比母亲的子宫寒冷，还是因为剪断了连接母体的脐带而疼痛？不知道。然而可以肯定，此时的哭声，没有任何悲伤的成分。诗人写诗，把婴儿的啼哭比作生命的宣言，比作人间最欢乐纯真的歌唱，这大概不能说错。而当婴儿长成孩童，长成大人后，有谁能记得自己刚钻出娘胎时的哭声，有谁能说清楚自己当时怎样哭，为什么而哭？诗人们自己也说不清楚。无助无知的婴儿，哭只是他们的本能。我们每个人当初都曾经为这样的本能大声地、毫不害羞地哭过。没有这样的经历，大概不能成为一个真正的人。

当我们认识了世事，积累了感情，有了爱憎，当我们开始在意自己的形象和表情，哭，就成了问题。哭再不可能是无意识的表情，眼泪和悲哀、忧伤、愤怒、欢乐联系在一起。有说"姑娘的眼泪是金豆子"，也有说"男儿有泪不轻弹"，流眼泪，成了生命中的严重事件。

人人都经历过这样的严重事件。我想，当我的生活中消失了这样的"严重事件"，当我的眼睛失去了流泪的功能，我的生命大概也就走到了尽头。

心灵为什么博大？因为心灵在成长的过程中，经历了无数细微的情节，它们积累、沉淀，像种子在灵魂深处萌芽、生根、长叶，最终会开出花朵。把心灵比作田地，心田犹如宽广的原野，情感和思索的种子在这原野里生生灭灭，青黄相接，花开不败。我们视野中的一切，我们思想中的一切，我们所有的喜怒哀乐，都在这辽阔无边的原野中跋涉驰骋。

生命纵然能生出飞舞的翅膀，却无法飞越命运的屏障，无法飞越死亡。我们只是回旋在受局限的时空里，只是徘徊在曲折的小路上。对于个人，小路很短，尽头随时会出现。对于人类，这曲折的小路将永无穷尽。

活着，就往前走吧。我不知道前面会出现什么，但我渴望知道，于是便加快脚步。在天地之间活相同的时间，走的路却可能完全不同。有的人走得很远，看见很多美妙的景色，有的人却只是幽囚于斗室，至死也不明白世界有多么辽远阔大。

我常常回过头来找自己的脚印，却无法发现自己走过的路在哪里。无数交错纵横的脚印早已覆盖了我的足迹。

仰望天空，我永远也不会感到枯燥和厌倦。飞鸟划过，把对自由的向往写在天上。白云飘过，把悠闲的姿态勾勒在天上。乌云翻滚时，瞬息万变的天空浓缩了宇宙和人世的历史，瞬间的幻灭，演示出千万年的动荡曲折。

最神奇的，当然是繁星闪烁的天空。辽阔、深邃、神秘、无垠……这些字眼，都是为夜空设置的。人间的神话，大多起源于这可望而不可穷尽的星空。仰望夜空时我常常胡思乱想，中国的传说和外国的神话在星光浮动的天上融为一体。

嫦娥为了追求长生而投奔月宫，神女达佛涅为了摆脱宙斯的追求变成了一棵月桂树，嫦娥在月宫里散步时走到了达佛涅的月桂树下，两个同样寂寞的女神，她们会说些什么？

周穆王的八骏马展开翅膀腾云驾雾，迎面而来的，是赫利俄斯驾驭着那四匹喷火快马曳引的太阳车。中国的宝驹和希腊的神马在空中擦肩而过，马蹄和车轮的轰鸣惊天动地……

射日的后羿和太阳神阿波罗在空中相遇，是弓剑相见，还是握手言欢？

有风的时候，我想起风神玻瑞阿斯，他拍动肩头的翅膀，正在天上呼风唤雨，呼啸的大风中，沙飞石走，天摇地撼。而中国传说中的风姨女神，大概也会舞动长袖来凑热闹，长袖过处，清风徐来，百鸟在风中飞散，落花在风中飘舞……我由此而生出奇怪的念头：风，难道也有雌雄之分？

在寂静中，我的耳畔会出现荷马史诗中描绘过的"众神的狂笑"。应和这笑声的，是孙悟空大闹天宫时发出的漫天喧哗……

有时候，晴朗的夜空中看不见星星。夜空漆黑如墨，深不可测。于是想起了遥远的黑洞。

黑洞是什么？它是冥冥之中一只窥探万物的眼睛。它目力所及的一切，都会无情地被它吸入，消亡在它无穷无尽的黑暗里。也许，我和我的同类，都在它的视线之内，我们都在经历被它吸入的过程。这过程缓慢而无形，我们感觉不到痛苦，然而这痛苦的被吸入过程正在有条不紊地进行。

那么，那些死去的人，大概是完成了这样的痛苦。他们离开世界，消失在黑洞中。活着的人们永远也无法知道他们被吸入黑洞一刹那的感觉。

发现了黑洞的霍金坐在轮椅上，他仰望星空的目光像夜空一样深不可测。

宇宙的无边无际，我从小就想不明白，有时越想越糊涂。天外有天，天外的天外的天又是什么？至于宇宙的成因，就更加使我困惑。据说，在极遥远的年代，宇宙产生于一次大爆炸，这威力巨大的爆炸使宇宙在瞬间膨胀了无数亿倍。今天的宇宙，仍在这膨胀的过程中。爱因斯坦的广义相对论为这样的"爆炸"和"膨胀"说提供了依据。

于是坐在轮椅上的霍金说话了："假如暴胀宇宙论是正确的，宇宙就包含有足够的暗物质，它们似乎与构成恒星和行星的正常物质不同。"

"暗物质"，也就是隐形物质，据说它们占了宇宙物质的百分之九十。也就是说，在天地之间，大多数的物质，我们都看不见摸不着，它们包围着我们，而我们却一无所知。多么可怕的事情！

科学家正在很辛苦地寻找"暗物质"存在的依据。这样的探寻，大概是人世间最深奥最神秘的工作。但愿他们会成功。

而我们这样平凡的人，此生大概只能观察、触摸那百分之十的有形物质。然而这就够了，这并不妨碍我的思想远走高飞。

一只不知名的小花雀飞到我书房的窗台上，它灰褐色的羽毛中，镶嵌着几缕耀眼的鲜红。这样可爱的生灵，还好没有归入隐形的一类。花雀抬起头来，正好撞到了我凝视的目光。它瞪着我，并不因为我的窥视而退缩，那对闪闪发亮的小眼睛，似乎凝集了天地间的惊奇和智慧。它似乎准备发问，也准备告诉我远方的见闻。

我向它伸出手去，它却张开翅膀，飞得无影无踪。

为什么，它的目光使我怦然心动？

微风中的芦苇姿态优美，柔曼妩媚，向世界展示生命的万种风情。微风啊，你是生命的化妆品，你用轻柔透明的羽纱制作出不重复的美妙时装，在每一株芦苇身边舞蹈。你把梦和幻想抛撒在空中，青翠的芦叶和银白的芦花在你的舞蹈中羽化成蝴蝶和鸟，展翅飞上清澈的天空。

微风轻漾时，摇曳的芦苇像沉醉在冥想中的诗人。

在一场暴风雨中，我目睹了芦苇被摧毁的过程。也是风，此时完全是另外一副面容，温和文雅不知去向，取而代之的是疯狂和粗暴。撕裂的绿叶在狂风中飞旋，折断的苇秆在泥泞中颤抖……这是一场实力悬殊的战争，是强大的入侵者对无助弱者的蹂躏和屠杀。

暴风雨过去后，世界像以前一样平静。狂风又变成了微风，踱着悠闲的步子徐徐而来。然而被摧毁的芦苇再也无法以优美的姿态迎接微风。微风啊，你是代表离去的暴风雨来检阅它的威力和战果，还是出于愧疚和怜悯，来安抚受伤的生命？

芦苇无语。倒伏在地的苇秆上，伸出尚存的绿叶，微风吹动它们，它们变成了手掌，无力地摇动着，仿佛在表示抗议，又像是为了拒绝。

可怜的芦苇！它们倒在地上，在微风中舔着伤口，心里绝不会有报仇的念头。生而为芦苇，永不可能成为复仇者。只能逆来顺受地活下去，用奇迹般的再生证明生命的坚忍和顽强。

而风，来去无踪，美化着生命，也毁灭着生命。在有人赞美它的时候，也有人在诅咒它们。

无须从哲人的词典里选取闪光的词汇为自己壮胆。活在这世上，每一个人都具备了做一个哲人的条件。你在生活的路上挣扎着，你在为生存而搏斗，你在爱，你在恨，你在寻求，你在追求一个目标，你在为你的存在而思索，为你的行动而斟酌，你就可能是一个哲人。不要说你不具备哲人的智慧和深沉，即便你木讷少言，你也可能口吐莲花。

行者，必有停留之时。在哪一点上停下来其实并不重要。要紧的是停下来之前走了多少路，走到了什么地方，看见了一些什么。

将生命停止在风景美妙的一点上，当然有意思。即便是停止在幽暗之处，停止在人迹罕至的场所，停止在荒凉的原野，也不必遗憾。只要生命能成为一个坐标，为世人提供一点故事，指点一段迷津，你就不会愧对曾经关注你的那些目光。

我仰望天空，我知道上苍在俯视我。我头顶的宇宙就是上苍，我无法了解和抵达的一切，都凝聚在上苍的目光中，这目光深邃博大，能包容世间万物。

我想，唯一无法被上苍探知的，是我的内心。你知道我在想什么，我在憧憬什么，我在期待什么？上帝，你不知道，我也不会告诉你。如果你以为你已洞察一切，那么你就错了。

是的，对于我的内心来说，我自己就是上苍。

生命

一

假如生命是花。花开时是美好的，我要把生命的花瓣，一瓣一瓣地撒在人生的旅途上。

二

假如生命是草。绝不因此自卑！要联合起所有的同类，毫不吝惜地向世界奉献出属于自己的一星浅绿。大地将因此充满青春的活力。

三

假如生命是树。要一心一意地把根扎向大地深处。哪怕脚下是一片坚硬的岩石，也要锲而不舍地将根须钻进石缝，汲取生的源泉。

在森林和沃野做一棵参天大树当然很威风；在戈壁沙漠和荒山秃岭中做一棵孤独的小树，给迷路的跋涉者以希望，那就更为光荣。

四

假如生命是船。不要停泊，也不要随波逐流。我将高高地升起风帆，向着无人到过的海域……

五

假如生命是水。要成为一股奔腾的活水啊！哪怕是一眼清泉，哪怕是一条小溪，也要日夜不停地、顽强地流，去冲开拦路的高山，去投奔江海……

六

假如生命是一段原木。做一座朴实无华的桥吧，让那些被流水和深壑阻隔的道路重新畅通。

七

假如生命只是一根枯枝。那就不必做绿色的美梦了，变成一支火炬吧，在黑夜中噼里啪啦从头燃到脚……

1986 年 8 月

冬的期盼

冬天是寒冷的，冰雪曾被很多人看作黑暗和冷酷无情的象征。

然而想一想冬天的迷人之处吧：冬天的天空是明朗的，冬天的原野是开阔的，冬天的阳光是温暖的，生命在冬天里孕育着希望。

如果没有冬天，会怎么样？

没有冬天，一年四季便会变得残缺不全；没有冬天，春天便不再显得珍贵。

假如我是一株蜡梅，没有冬天，便失去了寒风中高洁的幽香，失去了笑傲冰雪的品格。与其在暖风里挥霍青春花季，宁可顶着霜刀雪剑偶尔一展风骨。

假如我是一根柳丝，没有冬天，孕育发芽的过程将变得平庸而无聊，再没有惊喜的目光追随我自由的飘舞。我会因为没有了艰辛的孕育和期待而叹息。

假如我是一只候鸟，没有冬天，便不再有悲壮的迁徙，不再有振翅远飞的生命阵容。我的生命只能局限在小小的天地中。这样，活着还有什么意思？

是的，冬天的原野有些荒凉，大地上少了绿色，多了冰雪的覆盖。光秃秃的树枝迎风颤抖，像无数手臂在空中摇动。它们在召唤什么？

毫无疑问，它们是在期盼春天。

我赞赏冬天，绝不是留恋冰雪的寒冷，也不是厌倦了花红柳绿的春色。正因为渴望春天，我才珍惜冬天的感受。谁也无法抗拒蔑视大自然亘古不变的严峻规律，春天必定追随着冬天。如果不经历真正的冬季，春天的脚步也会变得慌乱轻浮。

因为寒冷，因为呼啸的北风，因为铺天盖地的冰雪，人们在冬天里才格外地怀念春暖花开的时节。想一想，在冰雪下面，生命的种子正在静静萌动，在貌似委顿的枯枝中，新的绿叶正在无声地发芽，这是何等美妙的事情。

迎着让人清醒的凛冽寒风，到旷野中去走一走吧，你一定能感受到生命在冰雪中的呼唤和歌唱。我听见，寒风中仍回荡着雪莱的诗句："冬天来了，春天还会远吗？"

2002 年 9 月于四步斋

186

图书在版编目（CIP）数据

飞来树 / 赵丽宏著. -- 武汉 ：长江文艺出版社，
2021.12（2025.6 重印）
　（赵丽宏给孩子的美文：名师导读版）
　ISBN 978-7-5702-2306-0

　Ⅰ. ①飞… Ⅱ. ①赵… Ⅲ. ①散文集－中国－当代
Ⅳ. ①I267

　中国版本图书馆 CIP 数据核字(2021)第 160764 号

责任编辑：杨　岚　　　　　　　　责任校对：程华清
封面设计：柒拾叁号　　　　　　　责任印制：邱　莉　胡丽平

出版：长江出版传媒　长江文艺出版社
地址：武汉市雄楚大街 268 号　　　邮编：430070
发行：长江文艺出版社
http://www.cjlap.com
印刷：湖北新华印务有限公司

开本：880 毫米×1240 毫米　　　1/32　印张：5.875　　　插页：9 页
版次：2021 年 12 月第 1 版　　　2025 年 6 月第 10 次印刷
字数：74 千字

定价：28.00 元